Verena Reinhardt

★ Die furchtlose Nelli, die tollkühne Trude und der geheimnisvolle Nachtflieger ★

Verena Reinhardt

Roman

BELTZ
& Gelberg

Inhalt

Dramatis Personae

Die furchtlose Nelli (eine Haselmaus)

Die tollkühne Trude, Messerwerferin

Die drei vom Trapez, die Cousinen Kläri, Mariechen und Lotte (drei Zwergsiebenschläfer)

Jungfrauenzersäger Sägebrecht (ein Ohrschlitzer)

Hilde, seine Zersäge-Jungfrau

Zirkusdirektor Woimick (eine Fruchtfliege)

Bertwin, das große Schweigen, ein Pantomime

Bröllhuber und das wilde Tier (Herr und Frau, zwei Unken)

Lukas, der Gewichtheber (der stärkste Hirschkäfer der Welt)

Frangipani, der Schwertschlucker (eine Blindschleiche)

Beppo, der Clown

Rembert, der Illusionist

Irmfriede, die eleganteste Seiltänzerin der Welt (eine Spinne)

Madam Mystia, die Wahrsagerin

Der große Coccinellus, ein Bauchredner, und **Pepi**, seine Puppe (beide Marienkäfer)

1. Kapitel

Ein Dutzend Messer

Weißt du«, sagte Trude, »das Beste an dir ist, wie gut du stillhalten kannst. Niemand kann so gut stillhalten wie du, wenn dir ein Dutzend Messer um die Ohren fliegt!«

»Das kommt daher«, sagte ihre beste Freundin Nelli, »dass *du* die Messer wirfst. Wenn jemand anders mit Messern auf mich werfen würde, dann würde ich nicht ruhig stehen bleiben, da kannst du dich drauf verlassen! – Hast du die Puderdose? Meine Nase glänzt.«

»Nelli«, wandte Trude ein, »deine Nase ist pelzig. Ich glaube, die kann gar nicht glänzen. Und außerdem muss ich mich jetzt erst mal abpudern!«

»Pah«, machte Nelli, spuckte sich in die Pfoten und strich ihre Ohren glatt. »Das nützt auch nichts mehr.«

Nelli und Trude drängelten sich vor dem Spiegel in ihrem Zirkuswagen und machten sich hübsch für die nächste Vorstellung. Da klopfte es an der Tür. Sägebrecht, der Jungfrauenzersäger, steckte seinen Kopf herein. Seine Antennen wackelten aufgeregt. »Drei Minuten«, rief er. »Auf, ihr beiden, kommt in die Puschen!«

»Keine Sorge, wir sind schon rechtzeitig da«, gab Nelli zurück und grapschte die Puderdose aus Trudes Hand.

Trude protestierte. »Gib mir das wieder! Guck mal, Sägebrecht, so kann ich doch nicht rausgehen!«

Sägebrecht seufzte. »Ihr beiden! Kümmert euch lieber um eure Klamotten! Woimick wird euch den Kopf abreißen, wenn er merkt, dass Nelli diesen riesigen Riss in ihrem Trikot immer noch nicht geflickt hat!«

»Sieht er doch gar nicht«, sagte Nelli leichthin. »Ich dreh ihm einfach die andere Seite zu. Na schön, los geht's!«

»Hals- und Beinbruch«, sagte Sägebrecht.

»Danke«, kicherte Trude, huschte an ihm vorbei und schnappte ihren Zylinder vom Regal. »Wird schon schiefgehen!«

Die Trommeln wirbelten. Die blendend hellen Lichter brannten in die Manege und auf die große rot-weiße Zielscheibe. Darauf festgeschnallt war die furchtlose Nelli in einem roten Glitzeranzug und Federn auf dem Kopf. Sie hielt den Atem an und das Publikum tat dasselbe.

Zack! schlug ein Messer neben dem Ohr der Haselmaus ein. Zack! kam ein zweites Messer geflogen und blieb neben dem anderen Ohr stecken.

»Ooh«, raunte das Publikum.

Die tollkühne Trude lächelte strahlend, als würde sie nur Drops werfen. Zack! Zack! Direkt hintereinander schlugen noch zwei Messer zwischen Nellis zitternden Schnurrhaaren ein. Zwei Unken kamen angehüpft und stießen die Zielscheibe an, sodass sie sich drehte.

Und wieder flogen die Messer. Zwei neben Nellis Füße. Zwei neben ihre Taille. Eins über den Kopf!

Bei jedem Wurf ertönten spitze Schreie von den Rängen. Zartbesaitete Damen fächelten sich Luft zu und ihre Herren hielten schon das Riechsalz bereit.

Nun schubsten die Unken abermals die Scheibe an, damit sie sich schneller drehte.

Es flogen noch zwei Messer, eins traf die Scheibe links und eins die Scheibe rechts von Nellis Brust. Nur noch ein Messer war übrig, und die Messerwerferin strahlte das Publikum an und überlegte, wohin sie es werfen sollte. Und das Publikum starrte zurück und war ganz in ihrer Hand.

Jetzt hob die tollkühne Trude den Arm und das letzte Messer schlug neben Nellis Schwanz ein. Als die Unken die Scheibe anhielten, zitterte die Klinge im Holz noch immer. Da brach der Applaus los wie ein Sturm und das Publikum pfiff und johlte und trampelte und schnappte endlich wieder nach Luft.

»Hochverehrte Damen und Herren, die tollkühne Trude und die furchtlose Nelli! Nur eine von zahllosen Sensationen im Zirkus Woimick!«, rief der Zirkusdirektor und knallte mit der Peitsche, und dann machte er einen Luftsprung.

Trude war eine großartige Messerwerferin und Nelli war eine großartige Assistentin. Das merkte jeder. Das sagte sich Nelli auch immer wieder selbst, jeden Abend. Und das musste man auch, wenn einem ein Dutzend Messer um die Ohren flog. Sonst wurde man wahnsinnig. Dann dachte man sich: »Was tu ich hier, in einem Glitzerkostüm mit Federn auf dem Kopf, und lasse mich mit Messern bewerfen? Von Trude, die glaubt, die Mehrzahl von *Einweckglas* wäre *Zweiweckglas*?«

Und wenn einen die Scheinwerfer blendeten, dann musste man wirklich sehr fest daran glauben, dass Trude die beste Messerwerferin aller Zeiten war. Denn sonst fing man an zu zittern und zu zucken und dann konnte etwas Schlimmes passieren. Bisher war nie etwas Schlimmes passiert. Aber heute war Nelli mit Trude sehr unzufrieden.

»Du hast mir fast die Schnurrhaare abrasiert«, sagte sie und warf ärgerlich einen Wattebausch auf den Tisch, während sie sich vor dem Spiegel in ihrem gemeinsamen Wagen abschminkte.

»Entschuldige, Nelli«, sagte Trude.

»Ich glaub, du wirst langsam schludrig. Du hast zu viel Routine«, setzte Nelli hinzu und wischte den Glitzer aus ihrem Fell. »Da wird man schludrig.«

»Tut mir leid, Nelli«, sagte Trude.

»*Mir* tät es leid, wenn du mich eines Tages treffen würdest!«

»Nicht so leid wie mir, Nelli.«

Nelli wollte noch etwas Wütendes sagen, aber ihr fiel nichts mehr ein. Wie sollte man jemanden ausschimpfen, der so verdammt *lieb* war wie Trude? Und sie meinte es ja ernst! Trude hätte nie wieder eine frohe Minute, wenn sie Nelli eines Tages wirklich treffen sollte.

»Mpf«, machte Nelli also. »Wir brauchen eine neue Nummer. Irgendwas ganz Neues, worin du keine Routine hast.«

»Das stimmt.« Trude setzte sich in ihre Hängematte. »Ich werde mal darüber nachdenken. Mir fällt bestimmt was ein!«

Nellis Zorn war sinnlos verpufft. Sie zog den glitzernden roten Badeanzug aus und hängte ihn auf einen Kleiderbügel. »Wann sollen wir fertig sein?«

»Um sieben Uhr wird der Zirkus in den Zeppelin verladen«, sagte Trude. »Um acht heben wir ab. Im Moment zerlegen sie noch das Zelt.«

»Dann kochen wir besser schnell Abendessen, was?« Nelli

lehnte sich hinüber zu dem Schrank über ihrem Öfchen. »Kartoffelbrei mit Pilzen könnte ich uns machen.«

»Au ja!«, rief Trude.

»Aber du schälst die Kartoffeln.«

»Ich weiß nicht, ob das eine gute Idee ist, Nelli.« Trude wiegte den Kopf hin und her. »Wo ich doch heute so schludrig bin mit Messern. Ich könnte jemanden skalpieren! Ganz aus Versehen!«

»Glaubst du wirklich?« Nelli zuckte beunruhigt mit den Ohren.

»Nelli, ich mach doch nur Spaß!«, gluckste Trude.

Und da warf Nelli ihren Federschmuck nach ihr. Trude quiekte und fiel lachend auf die Küchenbank.

In dem Moment klopfte jemand gegen die Wagentür, als gelte es sein Leben.

»Was ist denn?«, rief Trude.

Es war Lotte, eine von Nellis drei Cousinen, die im Zirkus Woimick die Trapezartistinnen waren. »Woimick will was ankündigen!«, quiekte sie. »Alle sollen kommen. Er ist ganz aufgeregt, der kleine Brummer!«

»Wir wollten gerade Essen machen«, sagte Nelli, die Hunger hatte.

»Könnt ihr später! Hopp, hopp, kommt mit!« Lotte schnappte Nelli an der Pfote und zerrte an ihr. Nelli stöhnte, aber sie ließ sich mitziehen.

Trude seufzte und zog ihre Jacke an und dann folgte sie den beiden in das Zirkuszelt. Inzwischen waren die Besucher verschwunden, auf den Rängen lagen Krümel und leere Flaschen und vergessene Schals. In der Manege standen die Mitglieder des Zirkus Woimick. Das waren nicht viele, denn der Zirkus Woimick war ein sehr kleiner Zirkus. Aber alle waren sie gespannt. Und über ihnen in der Luft surrte aufgeregt Woimick herum, der Zirkusdirektor. Er war ein sehr kleiner Direktor, selbst für einen so kleinen Zirkus: eine winzige Fruchtfliege mit roten Augen. Doch heute wirkte er mindestens doppelt so groß wie sonst. Mit dem metallenen Knauf seines Spazierstocks schlug er gegen eine der Eisenstangen, die das Zelt hielten.

»Sind jetzt alle da? Gut! Hört her!«, rief er übermütig und schwenkte den Spazierstock.

Alle wurden still und schauten erwartungsfroh auf ihren winzigen Direktor.

Woimick strich sich den Glitzerfrack glatt. »Meine lieben Freunde, heute habe ich eine große Ankündigung zu machen. Wie ihr alle wisst, spiele ich jede Woche Lotto.«

Ein Raunen ging durch die Menge seiner Zuhörer. Der Gewichtheber wechselte Blicke mit dem Clown, Sägebrecht mit seiner Zersäge-Jungfrau. Und selbst die Wahrsagerin hatte nicht die leiseste Ahnung, was jetzt kommen würde.

Nur Nelli hatte eine Idee. »Jetzt isses passiert. Er hat den Zirkus verspielt.«

»Ruhe!«, wies sie der Gewichtheber (und Hirschkäfer) Lukas zurecht und klapperte drohend mit dem Geweih.

»Einige von euch«, sagte Woimick mit zusammengekniffenen Augen, »*einige* von euch haben übers Lottospielen ja schon immer freche Bemerkungen gemacht.«

»Was heißt hier freche Bemerkungen«, erwiderte Nelli, »die Chance auf einen Hauptgewinn ist bei dieser Methode eins zu anderthalb Millionen. Du könntest dir genauso gut die Abgabegebühr für den Lotterieschein in Pfennigen auszahlen lassen und damit Leute bewerfen. Die Chance, dass du die Fruchtfliege deiner Träume auf den linken Flügel triffst, ist größer als die Chance, dass du was Großes gewinnst.«

»Sogar eins zu 1,7 Millionen«, entgegnete Woimick gelassen. »Na und?«

»Na und?«, dozierte Nelli. »Lass es uns mal logisch angehen. Wie viel Geld investierst du jede Woche ins Lottospielen?«

»Was ist denn nun?«, rief Hilde, die Zersäge-Jungfrau, dazwischen. »Warum das ganze Tamtam?«

»Eben«, ertönte es von Rembert, dem Illusionisten.

»Nelli soll die Klappe halten«, rief Sägebrecht. »Woimick, erzähl!«

Nelli hob die Pfote und wollte noch etwas sagen, aber Trude pikte ihr den Ellbogen in die Rippen. Das fand Nelli ziemlich frech. Wie konnten diese Banausen sie nur alle unterbrechen, wenn sie Woimick etwas vorrechnen musste?

Woimick, dem kleinen Mistkerl, schwoll vor Stolz der Thorax. »Ich hab gewonnen«, verkündete er. »Letzte Woche. Den Hauptpreis. Zweitausendvierhundertdreiundfünfzig Goldstücke und fünfzig Pfennig!«

Eine Sekunde lang war es sehr still. Dann quiekte Hilde: »Zweitausendvierhundertdreiundfünfzig Goldstücke?«

»Und fünfzig Pfennig?!«, keuchte Beppo der Clown.

Ein Tumult brach los. Alle schrien durcheinander und keiner konnte mehr sein eigenes Wort verstehen. Lukas fing an, schwer zu atmen. Nellis Cousinen, die Zwergsiebenschläfer Lotte, Kläri und Mariechen, sprangen vor Aufregung quiekend im Gestänge des Zeltes herum und kamen eine ganze halbe Stunde nicht mehr herunter. Und der Schwertschlucker Frangipani (der eine kleine Blindschleiche war) verknotete sich vor Aufregung und bekam Schluckauf.

Schließlich klopfte Woimick wieder gegen die Stange und alle Augen schauten zurück zu ihm. »Tja, so ist das. Eins zu anderthalb Millionen, aber einer muss ja gewinnen!« Woimick warf einen triumphierenden Blick in die Runde. Nelli war angewidert, das konnte man sehen.

»Und was machst du mit dem vielen Geld? Setzt du dich zur Ruhe?«, fragte Trude beunruhigt.

»Nee. Ich doch nicht!« Woimick strich sich wieder den Glitzerfrack glatt. »Jetzt kommt ihr ins Spiel. Ich werd es nämlich investieren. In den Zirkus. In euch alle! Zirkus Woimick, bald noch größer und besser und aufregender! Mehr Artisten, mehr brennende Reifen, mehr Limonade!«

Trude schlug begeistert die Hände zusammen.

»Ein Hurra auf Woimick, den besten Lottoscheinausfüller der Welt!«, rief Lukas, und alle stimmten mit ein. Nur Nelli war noch nicht so weit, Woimick zu verzeihen, weil er ihre schöne Gardinenpredigt ruiniert hatte.

»So, und jetzt macht euch bereit für die Verladung in den Zeppelin. Um sieben geht es los, und ich hoffe, wir haben einen geruhsamen Nachtflug und süße Träume«, rief Woimick leutselig. »Und ich – ich geh gleich einen neuen Lottoschein ausfüllen!«

»So eine Überraschung«, quiekte Trude und packte begeistert Nellis Pfoten. »Nelli, das wird so wundervoll!«

Nelli prustete verächtlich. »Pah. Jetzt wird er sich noch mehr überschätzen als vorher! Und dafür haben wir das Abendessen aufgeschoben? Lass uns schnell kochen gehen, ich falle gleich um vor Hunger.«

Nach dem Essen saßen die tollkühne Trude und die furchtlose Nelli auf ihrer Küchenbank und starrten satt vor sich hin. Trude hockte in Pullunder und Hosenrock in der Bankecke. Ihre Füße mit den dicken grauen Socken daran hatte sie auf dem Tisch ausgestreckt. Das Licht, das durch das Fenster hereinfiel, wurde langsam trübe.

Dieser Abend war nicht nur wegen Woimicks Lottogewinn bedeutsam. Nein, heute würde der Zirkus auch eine Premiere in der Geschichte der Luftfahrt durchführen. Noch nie war ein ganzer Wanderzirkus mit allen Wagen und dem Zelt in einem Zeppelin verstaut worden. Mit dem bevorstehenden Flug würden sie in einer Nacht eine Strecke zurücklegen, für die sie sonst zwei Wochen über bergiges Terrain hätten ziehen müssen. Das war alles sehr aufregend. Draußen liefen die anderen Zirkusmitglieder herum, schwatzten und verstauten ihre Sachen und das Zelt.

»Sollen wir früh ins Bett gehen?« Nelli konnte ihre Augen nicht vom leeren Teller abwenden. Sie war so schön müde und satt und dann wurde sie immer philosophisch. Es war jedes Mal wieder ein Wunder, dachte sie, wie ein Zirkus einen Ort veränderte. Wenn der Zirkus Woimick irgendwo ankam, war da zuerst nichts als ein fremder Acker. Dann wurde das Zelt aufgestellt und plötzlich war dort ein Zuhause. Aber wenn sie sich gerade daran gewöhnt hatten, so nach sieben, acht oder zehn Tagen, wurde das Zelt in einer Dreiviertelstunde niedergerissen, und dann war es wieder ein fremder Ort. Wie komisch das war!

Trude schwang die Füße vom Tisch. Dabei fiel ihr Blick über Nellis Schulter zum Fenster hinaus, und sie schnappte nach Luft und rief: »Oh, Nelli, der Zeppelin ist da!«

Nelli lehnte sich gegen die Fensterscheibe. Langsam senkte sich draußen ein Schatten über das feuchte Gras. Ein riesiger Schatten! Er war so groß, dass er fast den Himmel ausfüllte.

»So groß ist ein Zeppelin? So sehen die Dinger gar nicht aus, wenn sie am Himmel hängen«, staunte sie.

Trude presste sich neben ihr an die Scheibe und murmelte: »Damit fliegen wir! Wie romantisch!«

Ihr Atem machte Nebelflecken auf dem Glas. Nelli fühlte an ihren Pfoten die Kälte, die durch das Glas hereinkroch. Der November hatte gerade begonnen und es war in den letzten Tagen sehr kühl geworden.

»Na«, schniefte Nelli, »wart erst mal ab, bis wir in der Luft sind. Da oben ist es bestimmt eisig!«

»Wenn mir kalt ist, frag ich einfach jemanden, ob er mir seinen Mantel leiht«, sagte Trude fröhlich.

Ja, das tat sie immer. Und es funktionierte immer. Kein Mann – egal von welcher Spezies – sagte Nein, wenn Trude sich seinen Mantel leihen wollte. Im Gegenteil! Trudes Anblick in einem viel zu großen Mantel fanden sie alle so reizend, dass sie gern froren. Und Trude wusste auch genau, wie sie gucken musste, wenn sie danach fragte. Trude war – das war sogar Nelli klar – ein ganz exquisites Exemplar ihrer Art, sowohl von Haus aus als auch durch einige geschickte Kunstgriffe. Das war oft nützlich, auch für Nelli. Und so ignorierte Nelli die gelegentliche falsche Wimper, die sich in die Suppe verirrte, und die Brandflecken auf dem Esstisch, die von der Brennschere herrührten, mit der Trude ihre Locken legte.

Nelli seufzte und riss sich vom Fenster los. »Komm, an die Arbeit. Gleich geht es los.«

Zuerst wurden die großen Wagen in den Zeppelin verladen: der Requisitenwagen, die Zeltteile, die Stangenpakete. Die wurden alle über eine Rampe am hinteren Ende der Gondel hineingeschoben und verschwanden im Luftschiff. Nelli und Trude saßen wartend auf den Stufen ihres Wagens und schauten zu.

Danach durften die Artisten ihre Wagen hineinbringen. Zuerst kam Woimicks riesiger Wohnwagen, von einem Dutzend Helfer geschoben, und der kleine Woimick selbst surrte aufgeregt um ihn herum und mahnte alle zur Vorsicht. Als Nächstes rollte der geräumige Wagen der Eheleute Bröllhuber heran. Fast die Hälfte des Wagens bestand aus einem großen Wassertank, denn die Bröllhubers waren Unken, und sie hatten ein ganzes Aquarium voller Kaulquappen, das regelmäßig mit Frischwasser befüllt werden musste. Die beiden führten eine waghalsige Dressurnummer vor: »Bröllhuber und das Wilde Tier«. Einer von ihnen war Bröllhuber (Herr oder Frau). Der andere, der das wilde Tier spielte, trug dann eine Furcht einflößende Perücke und musste mit Peitsche und Stuhl im Zaum gehalten werden.

Die Bröllhubers zankten sich gerade.

»Morgen bist du wieder das Tier.«

»Was, für beide Vorstellungen?«

»Ich war heute dran.«

»Aber das war nur eine Vorstellung!«

»Denkst du, mir macht's Spaß, Dompteur zu spielen? Ich hab die Nase voll davon, ständig meinen Kopf in deinen Mund zu halten. Ich hab dir so ein schönes Mundwasser zum Geburtstag geschenkt, wieso benutzt du's nicht?«

»Es schmeckt eklig. Und außerdem kratzt die blöde Perücke. Na schön. Dann bin ich morgen zweimal das Tier. Aber dann machst du den Abwasch!«

Hinter den Bröllhubers kam der Wagen von Lukas, dem Gewichtheber. Lukas war ein sehr stattlicher Hirschkäfer, und mit der gleichen Leichtigkeit, mit der er bei der Vorstellung Gewichte mit seinem Geweih hob und Ketten zerriss, konnte er sich selbst vor seinen Wagen spannen und ihn herumziehen.

Dann folgte der Wagen von Irmfriede, der Seiltänzerin (sie war eine große Spinne), und danach der von Beppo, dem Clown (ein dicker älterer Mann mit wenig Haar auf dem Kopf).

Schließlich folgte der Wagen von Sägebrecht und von Hilde, seiner Zersäge-Jungfrau. Natürlich war sie noch an einem Stück, denn einen guten Jungfrauenzersäger erkennt man daran, dass er sein Opfer nicht *wirklich* zersägt. Und Sägebrecht war sehr gut! Es war zwar ein Skandal, dass sie in wilder Ehe zusammenlebten – Sägebrecht war immerhin ein Ohrschlitzer und Hilde ein Mensch –, aber Zirkusleute nahmen es damit nicht so genau.

Als Nächstes kam der winzige Wagen des großen Coccinellus (eines Marienkäfers) und seiner Bauchrednerpuppe Pepi. Dann folgte der violette Wagen von Madam Mystia, einer jungen Frau, die vor der Vorstellung immer ihr kleines Zelt vor dem großen Zelt aufbaute und den Leuten aus der Hand oder Pfote oder Kralle las. Das tat sie so überzeugend, dass sie einmal sogar einem Regenwurm aus der Hand gelesen hatte. Der Regenwurm hatte erst später während der Vorstellung gemerkt, dass er gar keine Hände hatte (als ihm auffiel, dass er nicht klatschen konnte), und hinterher war er wütend zu Madam Mystia gekrochen und hatte sein Geld zurückverlangt.

Dann kam Bertwin, der Pantomime – ein junger Mann, der zwischen den Vorstellungen immer weiße Farbe hinter den Ohren hatte, egal, wie gründlich er sich wusch. Die meisten Wagen im Zirkus Woimick hatten vorn einen Sattel und Pedalen, damit man sie selbst fahren konnte. So auch Bertwins Wagen. Die Rampe, die er nun meistern musste, war allerdings zu schwer für ihn. Bertwin strampelte tapfer, aber auf der Hälfte des Weges begann er rückwärts zu rollen.

»Warte, Bertwin, wir helfen dir!«

Nelli hielt die Griffe an der Seite des Wagens fest. Trude, nicht faul, warf sich dahinter und stemmte sich gegen die Rückwand. Langsam bewegte sich der Wagen vorwärts und gleich darauf war das letzte Stück rampenaufwärts geschafft. Nelli und Trude schoben Bertwin noch ein Stück weit in die Gondel hinein.

»Danke euch, jetzt krieg ich es alleine hin«, rief Bertwin und sprang vom Sattel.

»Puh, es ist eine ganz schön kalte Nacht«, seufzte Trude. Auf ihren Unterarmen kräuselte sich eine Gänsehaut.

Jetzt kommt wieder der Blick, dachte Nelli, und tatsächlich: Trude machte den Mantelausleih-Blick und schauderte dazu ein bisschen.

»Geh doch einfach wieder rein«, sagte Bertwin fröhlich und gab ihr einen Klaps auf den Rücken.

»Ja, das ist wohl besser«, murmelte Trude enttäuscht und trollte sich. Nelli folgte ihr und lachte sich ins Fäustchen.

»So, ihr beiden, jetzt seid ihr dran!«, rief Woimick von der Rampe, und Nelli und Trude kletterten in die Sättel. »Und ihr drei, ihr kommt direkt hinterher!«

Der letzte Aufruf galt Nellis Cousinen Lotte, Kläri und Mariechen. Zusammen waren sie bekannt als »Die drei vom Trapez«. Zänkische Halbstarke waren sie, alle drei. Niemand konnte sie lange ertragen. Nicht einmal gegenseitig konnten sie sich lange ertragen. Aber müde wurden sie nie. Und während Nelli und Trude mühevoll die Rampe hinaufstrampelten, fing hinter ihnen ein Gezeter an:

»Hast du mich geschubst?!« Das war Mariechen.

»Ich? Ich hab dich nicht geschubst!« Das war Kläri.

»Doch hast du mich geschubst!« Wieder Mariechen.

»He, drängel mich nicht so rüber, du Stinktier, ich fall ja aus'm Sattel!« Das war Lotte.

»Wen nennst du Stinktier?!«

»Dich nenn ich Stinktier! Drängeliges Stinktier!!«

Und dann ging Mariechen wohl auf Lotte los (so genau konnten Nelli und Trude das nicht sehen), denn es gab ein Poltern und Klirren und Kratzen, und Lotte quietschte und schrie, und Mariechen quietschte und schrie auch, und ihr Wagen rollte rückwärts wieder die Rampe hinunter, weil nur noch Kläri in die Pedale trat.

»Schluss jetzt!«, brüllte Woimick. »Auf eure Posten!«

Die beiden zischten sich noch einmal an, aber sie gehorchten. Der Wagen der drei Trapezkünstlerinnen folgte dem von Nelli und Trude in die Gondel. Direkt nebeneinander blieben die beiden Wagen stehen, und während die Messerwerferin und ihre furchtlose Assistentin Keile unter die Räder klemmten, hörten sie, wie die drei nebenan schon wieder miteinander zankten.

»Oje, hoffentlich schlafen sie bald«, murmelte Trude. »Wenn sie wieder aufbleiben und Karten spielen, können wir uns Wachs in die Ohren stopfen!«

»Immerhin«, raunte Nelli, »unsere andere Nachbarin ist Irmfriede. Und die ist schön ruhig.« Es war in der Tat schwer, eine ruhigere Spinne als Irmfriede zu finden. Ihre Persönlichkeit war ein Ozean der Gelassenheit, und den brauchte sie wohl auch, wenn sie sich in schwindelnden Höhen bewegte. In ihrer Freizeit klöppelte sie mit allen acht Beinen unzerreißbare Kaffeetischdeckchen und niemals fand man einen Fehler im Muster.

Jetzt folgten nur noch die Wagen von Rembert, dem Illusionisten – einem Mann mit Ziegenbart –, und der winzige Wagen von Frangipani, dem Schwertschlucker. Er war eine Blindschleiche und deshalb konnte er natürlich Schwerter viel tiefer verschlucken als seine Konkurrenz. Woimick war sehr stolz auf ihn.

Und damit war der ganze Zirkus verladen. Die Rampe wurde hochgezogen, die Heckklappe schloss sich. Im Zeppelin wurde es dunkel und die Gondel begann sanft zu schaukeln.

»Ich glaube, es geht los«, sagte Trude ehrfürchtig.

Nelli zog an ihrem Ärmel. »Komm, wir gehen raus, den Abflug sehen!«

An der Seite der Gondel gab es eine lange Balustrade mit einem Geländer und dort draußen drängten sich schon die anderen Mitglieder des Zirkus. Trude und Nelli schubsten sich nach vorn, von wo sie gut hinunterschauen konnten.

»Ist das aufregend!«, quietschte Trude. »Gleich heben wir ab!«

Unter ihnen wurden die Taue aufgewickelt. Der Anker wurde gelichtet; dann ließ das Bodenpersonal die Taue los und der Anker wurde langsam hochgezogen und die Gondel hob ganz sacht vom Boden ab. Es war erstaunlich, wie schnell die Welt unter ihnen kleiner wurde. Felder, Gärten, der Fluss – alles sah plötzlich wie eine Miniatur aus. Als sie über die Wipfel der Bäume aufstiegen, kroch die Sonne als blasse, rötliche Scheibe zum Horizont. Gerade berührte ihr unterster Rand die dunklen Baumkronen. Und dann wurden auch die Bäume unter ihnen kleiner und kleiner und der Zeppelin nahm Kurs nach Norden.

»So könnte ich öfter reisen«, sagte Beppo, der neben Trude und Nelli stand. »Kein Gerumpel auf der Straße, keine Strampelei – das lass ich mir gern gefallen.«

»So, und wer geht jetzt rum und bringt uns Getränke auf einem Tablett?«, fragte Bertwin fröhlich.

»Beppo könnt doch den Kellner für uns machen«, schlug Hilde, die zersägte Jungfrau, von der anderen Seite vor und kicherte. »Wenn er sich mal 'n ordentliches Hemd anzieht und die Haare mit Pomade frisiert, würd ich von ihm gern ein Gläschen Schampus nehmen!«

»Hilde, du würdest von *jedem* ein Gläschen Schampus nehmen«, sagte Beppo.

Hilde kicherte wieder. »Man soll nix verkommen lassen, sag ich immer!« Hilde war fünfundvierzig Jahre alt und sah nicht so aus, als hätte sie jemals etwas verkommen lassen. Sie trug immer viel zu tief ausgeschnittene Kleider und eine weiße Federboa, in der sich eine Geheimtasche mit einer kleinen Notration von Käpt'n Köpfers Schädelsprenger befand. Deshalb kicherte sie auch so oft.

»Schade, dass wir einen Nachtflug gebucht haben«, seufzte Trude. »So sehen wir gar nichts von der tollen Aussicht!«

Nelli betrachtete die verblassende Sonne über den Wäldern. Sie sank so rasch, dass man ihr dabei zusehen konnte. »Unglaublich, wie schnell es dunkel wird.«

An der Seite der Gondel verlief ein langes Kupferrohr, von dem mehrere Schalltrichter abzweigten. Und nun begann das Rohr zu zittern, und blechern erklang eine Stimme: »Sehr geehrte Damen und Herren, hier spricht Krustenbein-Winkelfink, Ihr Pilot. Wir haben nun unsere Flughöhe erreicht. Unser Flug endet morgen früh um sechs Uhr, also stehen Sie bitte rechtzeitig auf, damit wir pünktlich ausladen können. Viel Spaß auf dem Flug und eine angenehme Nachtruhe!«

Die Belegschaft des Zirkus Woimick johlte und applaudierte

und Hilde genehmigte sich einen Schluck Schädelsprenger zur Feier des Tages. Die Sonne war fast verschwunden.

»Man kann den Boden schon gar nicht mehr sehen«, stellte Madam Mystia fest.

»Puh«, machte Hilde und zog die Federboa enger um sich, »so langsam wird's unangenehm! Ich geh rein und mach mir was Warmes. Wie wär's, wenn ich uns einen Punsch mache?« Bei dem Gedanken ging ihr merklich das Herz auf. »Einen heißen Punsch? Möchte noch jemand Punsch?« Aber niemand wollte Punsch.

»Da musst du wohl einen Punsch für dich alleine kochen«, sagte Irmfriede die Spinne.

»Pah, ich koch doch keinen Punsch für mich alleine«, schnaubte Hilde enttäuscht. »Ihr haltet mich wohl für die letzte Schnapsdrossel!«

Die Wälder unter ihnen waren still. Vorhin hatte man noch das Rauschen des Windes gehört, aber jetzt stieg langsam Nebel durch die Kronen herauf. Nicht einmal ein Käuzchen konnte man hören. Wahrscheinlich saßen auch Käuze bei dem Wetter im Warmen! Und dunkel wurde es jetzt auch. Selbst Nelli, die Nachtaugen hatte, konnte den Wald unter ihnen nur noch als großen schwarzen Schatten sehen.

»Jetzt sind wir wirklich im Nirgendwo«, sagte Beppo gedankenverloren.

»Wie unheimlich.« Coccinellus schauderte.

Der große Lukas klopfte ihm beruhigend auf den Rücken.

Die Balustrade begann sich zu leeren. Jetzt, wo man nichts mehr sehen konnte, wurde es richtig unangenehm hier draußen.

»Komm, Nelli«, sagte Trude und zupfte an Nellis pelzigem Ellbogen, »gehen wir schlafen. Morgen müssen wir früh aufstehen.«

2. Kapitel

Böses Erwachen

Es war stockdunkel, als Nelli aufwachte. Zuerst dachte sie, sie wäre bloß aufgewacht, weil sie pinkeln müsste. Musste sie aber nicht. Sei brav und leg dich wieder hin, sagte sie sich selbst, und das tat sie auch. Aber der Schlaf kam nicht wieder und sie war auch nicht mehr müde. Von der Schwanzspitze bis zu den Schnurrbarthaaren war sie gespannt und aufmerksam. Irgendetwas würde passieren, das fühlte sie, und da war kein Irrtum möglich.

Wie spät war es? Und warum war es so pechschwarz?

Da fiel es Nelli wieder ein. Normalerweise kam immer ein bisschen Mondlicht an den Vorhängen vorbei in den Wagen, nur heute waren sie ja in der Gondel eines Zeppelins. Selbst Nellis Nachtaugen konnten nichts erkennen. Aber immerhin kannte sie ja ihren eigenen Wagen wie ihre Westentasche! Sie trippelte zur Tür, stellte sich auf die Zehenspitzen und tastete nach den Zeigern der großen Uhr, die über dem Türrahmen hing.

Elf Uhr! Sie hatte nicht einmal zwei Stunden geschlafen.

Nelli lauschte in die Dunkelheit, und da, plötzlich, hörte sie draußen Schritte poltern. Laute und leise Schritte. Zwei Leute liefen durcheinander. Nicht nebeneinanderher – durcheinander! Dann wanderte ein flackerndes Licht am Fenster vorbei und jemand schnaufte.

»Was ist mit Woimick, ist der wach?« Das war Beppo, der Clown.

»Oh, ich weiß nicht, ich weiß nicht«, jammerte die sorgenvolle Stimme von Coccinellus, dem Marienkäfer.

Nelli kletterte aus dem Bett – vorsichtig, um Trude nicht zu wecken – und schlich zur Wagentür. Sie streckte den Kopf hinaus. Ihre beiden Kollegen torkelten im Schein einer Laterne durch die Dunkelheit.

»Was ist los, Jungs?«, raunte Nelli

»Wenn wir das wüssten!«, krächzte Beppo.

Nelli schaute ihnen hinterher. Eisige Luft zog in den Wagen. Donnerwetter, war das eine kalte Nacht! Sie tappte zum Kleiderschrank und holte ihre Strickjacke heraus. Die hatte ihre Oma einst gestrickt, als Nelli noch sehr klein gewesen war. Die Jacke war mit Nelli mitgewachsen, wie gestrickte Sachen das manchmal tun. Als nun Nelli aufgehört hatte zu wachsen, da war die Jacke noch lange nicht fertig damit. Gerade das gefiel Nelli aber an dem Ding – es war so schön geräumig. Sie wickelte sich also ein und schlich aus dem Wagen.

»Oh, was sollen wir nur tun, was sollen wir nur tun?«, quäkte Coccinellus.

Nelli hüpfte hinter ihnen her. »Was ist denn das Problem?«

Beppo schüttelte seine Laterne. »Wir wissen nicht, wo wir sind.«

»In einem Zeppelin. Wo denn sonst?«

»Aber wo ist der Zeppelin, das wollen wir wissen!«

»In der Luft«, sagte Nelli langsam.

Beppo wurde böse. »Du denkst wohl, du hast die Weisheit mit Löffeln gefressen! Wo auf der Landkarte wir uns befinden, das wissen wir nicht! Und du auch nicht, oder?«

»Warum fragt ihr nicht den Piloten?« Nelli kratzte sich am Ohr.

»Gute Frage. Warum fragen wir nicht den Piloten? Sag's ihr, Coccinellus.«

»Den haben wir schon gefragt«, klagte Coccinellus. »Da hat er auf seine Instrumententafel geguckt und auf den Kompass und dann noch mal auf seine Instrumente und dann ist er umgefallen. Einfach so.«

»Hat er was Falsches gegessen?«

»Nee, er war kerngesund«, quietschte Coccinellus. »Und er wusste auch nicht, wo wir sind.«

Nelli schaute sich um. Außer dem schwankenden Schein von Beppos Laterne gab es kein Licht. Nirgends rührte sich etwas. »Ist noch jemand wach außer euch?«

»Nee.«

»Ist niemand bei dem Piloten geblieben?«

»Nee, wofür denn? Der ist doch ohnmächtig.«

Nelli schloss die Augen. »Na fein. Dann geht ihr Woimick wecken. Ich seh nach dem Piloten.«

Und ohne eine Antwort abzuwarten, stieg sie wieder zurück in ihren Wagen und rüttelte an Trudes Hängematte. »Trude! He, Trude, wach auf!«

»Was?«, machte Trude. »Wo sind wir?«

»Das scheint die Frage zu sein. Ich brauch dein Riechsalz. Und du kommst am besten auch mit.«

Trude stieg unter Murren und Knurren in ihre Kleider und folgte Nelli nach draußen. In Woimicks Fenster brannte inzwischen Licht. Gedämpft hörte man die aufgeregten Stimmen von Woimick und Beppo durch die Wagenwand und dazwischen das Klagen von Coccinellus.

»Worüber jammern die denn so?«, murmelte Trude und rieb sich die Augen.

»Der Pilot ist umgefallen. Wir müssen ihn aufwecken. Hier lang.«

Trude war gleich viel wacher. »Umgefallen? Und wer fliegt dann den Zeppelin?«

»Der fliegt sich selbst. Keine Angst, abstürzen werden wir nicht.«

Am vorderen Ende der Gondel befand sich eine eiserne Tür. Daneben hing ein Schild: *Toiletten und Führerkabine*.

»Nelli, ich seh nichts mehr«, jammerte Trude.

»Stimmt. Wart einen Moment, ich geh voraus.« Nelli öffnete die Tür und stieg durch den Rahmen. »Vorn in der Pilotenkanzel sind bestimmt die Lampen an.«

Trude tastete sich hilflos vorwärts. Es kam ihr sehr ungerecht vor, dass die Natur sie nicht mit Nachtaugen ausgestattet hatte. »Nelli, können wir keine Kerze holen?«, klagte sie.

Aber da war Nelli schon am Ende der Treppe angekommen und öffnete die Tür. Licht fiel auf die Stufen und Trude stieg schnell hinunter und schaute über Nellis Schulter. Im Sessel der hell erleuchteten Kabine lag Krustenbein-Winkelfink, der Pilot, und schnaufte vor sich hin. Er war eine große Spinne, und eine ohnmächtige Spinne sieht immer besonders erbärmlich aus, wegen der vielen Beine.

»Herr Krustelfink-Winkebein? Äh, ich meine, Herr … Herr Pilot?«, rief Nelli.

Zitternd drehte dieser den Kopf in ihre Richtung.

»Brauchen Sie Riechsalz?«, fragte Trudi und schwenkte das Riechsalz-Döschen.

»Ja, bitte«, sagte Krustenbein-Winkelfink schwach.

»Wenn Sie Ja sagen können, brauchen Sie's nicht«, erwiderte Trude zufrieden und ließ das Döschen wieder in ihrem Hosenrock verschwinden.

»Was ist passiert?«, fragte Nelli forsch. »Warum sind Sie ohnmächtig geworden?«

Krustenbein-Winkelfink hob drei Beinpaare gleichzeitig und gestikulierte zitternd. »Da draußen. Alles schwarz. Und der Kompass … verrückt.«

Nelli beugte sich über den Kompass im Instrumentenpult. »Inwiefern?«

»Alle paar Minuten«, Krustenbein-Winkelfink schluckte, »alle paar Minuten ändert sich die Richtung. Und da unten sind keine Lichter mehr. Vor einer Stunde hätten wir bei Ummsing vorbeikommen sollen. Da unten – keine Lichter. Und vor einer halben Stunde bei Einerlei – beim großen Luftfahrtsleuchtturm von Einerlei –, aber kein Licht. Gar nichts. Alles schwarz da draußen.«

»Wir sind also nicht da, wo wir sein sollten?«, vergewisserte sich Nelli.

Der Pilot schüttelte den Kopf und zitterte.

»Und wo sind wir dann?«

»Weiß ich nicht. Ich kann nichts sehen. Gar nichts!«

»Trude, dreh das Licht runter«, sagte Nelli, und Trude gehorchte. Die vier Gaslampen an der Decke glommen nur noch ganz leicht und die Kanzel war dunkel. Trotzdem konnte man draußen nichts sehen. Da war nur dichte, wattige Schwärze.

»Siehst du was?«, fragte Trude.

»Nee.« Nelli drehte das Licht wieder hoch. »Seltsam.«

»Sie sind doch der Spezialist«, sagte Trude streng zu dem Piloten. »Was tut man in so einem Fall?«

»So einen Fall gibt es nicht«, begehrte Krustenbein-Winkelfink auf. »In meinem Handbuch steht nichts für Fälle, die es nicht gibt. Und außerdem zittere ich am ganzen Körper, sehen Sie mal! Ich kann nicht mal stehen! Wie soll ich da einen Zeppelin lenken?«

»Das müssen Sie wohl, das kann nämlich keiner an Bord außer Ihnen«, sagte Nelli trocken.

»Sie sind unsere einzige Hoffnung!«, rief Trude und machte ein Gesicht, das noch viel jämmerlicher war als ihr Mantelausleih-Blick.

»Ich? Ich kann nicht. Ausgeschlossen«, japste der Pilot. »Mir ist so schwindelig, als wär ich betrunken!«

»Sie haben bloß hyperventiliert«, sagte Nelli streng.

Nun wurde Krustenbein-Winkelfink direkt hysterisch. »Ich rühr das Steuer nicht mehr an! Ich weiß nicht, wo wir sind! Ich weiß nicht, wo wir hinmüssen! Ich weiß nur: Wir sind nicht da, wo ich hingeflogen bin!«

»Reißen Sie sich zusammen!« Nelli packte den Piloten am Brustpanzer und schüttelte ihn. »Verirrt sind wir schon. Schlimmer kann es also nicht mehr werden.«

»Doch, kann es! Sehen Sie, die Kompassnadel dreht sich schon wieder! Das ist nicht normal!« Krustenbein-Winkelfink starrte schluckend auf den Kompass, und dann hatte er eine Idee, die ihm gefiel. »Ich hab's. Wir sind bestimmt gar nicht wirklich hier. Das ist nur ein furchtbarer Albtraum, den ich träume.«

»So ein Blödsinn«, sagte Trude empört.

Und wieder schnaufte der Pilot wie eine alte Dampflok. »Das

ist es. Ein Albtraum. Ich muss nur aufwachen.« Er nahm ein Glas Wasser, das in einer Halterung neben seiner Instrumententafel steckte, und schüttete es sich über den Kopf. »Wie?«, fragte er dann empört und schaute Nelli und Trude an. »Sie sind ja immer noch da!«

»Ich hab Ihnen doch gesagt, das ist Blödsinn«, schnaubte Trude.

»Ha!« Der Pilot starrte wild auf sein leeres Wasserglas. »Der Albtraum will nicht weggehen! Aber ich weiß schon, wie ich ihn wegkriege. Ich muss mich nur hinlegen und einschlafen. Wenn man im Traum einschläft, wacht man in Wirklichkeit auf, und dann ist der Albtraum vorbei.«

»Also, *das* ist nun wirklich Blödsinn!«, rief Nelli.

»Ich rühr das Steuer nicht mehr an«, wiederholte Krustenbein-Winkelfink und rutschte zitternd aus dem Sessel. Mit zwei wackeligen Beinen zog er sich über den Fußboden, vorbei an Nelli und Trude, die ihm entgeistert zusahen. »Ich geh schlafen. Jawohl. Das ist das Einzige, was hilft.«

»Sie lassen uns im Stich?«, rief Trude fassungslos.

»Ihr«, sagte Krustenbein-Winkelfink würdevoll, »ihr seid sowieso nur Hirngespinste.« Und damit öffnete er ein kleines Kämmerchen an der Rückwand der Kanzel, das wie ein Wandschrank aussah. Aber es war kein Wandschrank, denn darin befand sich ein unordentliches Bett. Krustenbein-Winkelfink zog sich hoch auf die Matratze und wickelte die Decke um sich herum. Unter dem Kopfkissen nahm er ein Pillendöschen heraus, schluckte zwei Pillen und drehte sich zur Wand.

»He!«, rief Nelli wütend.

»Weckt mich, wenn wir da sind«, sagte er, und das war sein letztes Wort.

»Na, großartig!« Nelli knallte die Tür zum Schlafkämmerchen zu.

Trude schaute bang in die Dunkelheit. »Und was wird jetzt aus uns?«, fragte sie.

Nelli äugte durch ein Fenster hinaus. »Keine Angst. Der Zeppelin ist voller Helium. Der bleibt noch eine ganze Weile in der Luft. Und wenn er sinkt, dann sinkt er langsam. Im schlimmsten Fall werden wir von unserer Route abgetrieben und kommen zu spät an. Für den Moment jedenfalls sind wir in Sicherheit.«

»Glaubst du wirklich?«, fragte Trude.

»Absolut«, sagte Nelli im Brustton der Überzeugung, und Trude dachte bei sich, dass sie Nelli glauben konnte. Nelli hatte Bücher über alles gelesen, garantiert auch über Zeppeline.

»Und was machen wir nun?« Trude rubbelte ihre frierenden Arme. »Abwarten und Tee trinken?«

»Genau«, sagte Nelli. »Aber keinen Tee. Ich brauch was Stärkeres. Einen Kaffee, der so stark ist, dass er den Zuckerlöffel verbiegt, so einen will ich jetzt haben!«

Als sie wieder hinauf in die Gondel kamen, herrschte bereits helle Aufregung zwischen den Wagen – im wahrsten Sinne des Wortes. In allen Wagenfenstern brannte Licht und Laternen waren angezündet worden und erhellten die Gondel.

Woimick kam auf sie zugeschwirrt. »Was macht der Pilot? Was ist passiert?«

»Er hat sich aufs Ohr gelegt«, sagte Nelli säuerlich.

Trude sprang hilfreich ein. »Er weiß nicht, wo wir sind, deshalb will er nicht weiterfliegen. Außerdem spielt der Kompass verrückt.«

»Es ist pechschwarz da draußen«, schnaufte Nelli, »und ich meine, wirklich pechschwarz. Selbst ich kann nichts sehen außer

Nebel und Schwarz. Keinen Himmel, keine Erde. Es gibt keinen Orientierungspunkt für den Piloten.«

Woimick starrte von einer zur anderen. »Wieso denn das?«

Nelli zuckte die Achseln. »Woher sollen wir das wissen?«

»Es ist so, wie Beppo es vorhin gesagt hat«, wisperte Trude beklommen. »Jetzt sind wir wirklich im Nirgendwo!«

»Ja«, sagte Nelli, »das beschreibt es gar nicht schlecht.«

Woimick war um den Rüssel herum sichtlich erblasst. »Und was sollen wir jetzt tun?«

»Wir müssen warten, bis der Pilot sich erholt hat«, antwortete Trude. »Der arme Kerl hat so gezittert, dass er gar nicht laufen konnte.«

»Und er hat Beruhigungspillen eingeworfen«, setzte Nelli hinzu. »Danach ist er weggetreten.«

»Und wie lange sollen wir so führerlos durch die Nacht gondeln?«, rief Woimick entsetzt.

»Durch die Nacht, du sagst es«, erwiderte Nelli. »Wenn es wieder hell wird, erledigt sich das Problem von allein. Dann sehen wir, wo wir sind.«

»Wir können doch nicht abwarten bis zum Morgengrauen!«

»Doch, das kriegen wir schon hin. Ist ja nicht so, als könnten wir irgendwas anderes machen als abzuwarten.«

Da bekam Woimick einen Hass auf Nelli. »Du neunmalkluger Besserwisser! Dir werd ich noch mal ... ach, halt einfach den Rand!« Und dann machte er wütend kehrt und summte zu den anderen.

Nelli und Trude folgten ihm langsam.

»Ich brauche jetzt auch einen starken Kaffee«, seufzte Trude. »Hysterische Spinnen und Zeppeline, oje. Ich kann gar nicht mehr richtig denken.«

Das Kaffeekochen fand Trude sehr beruhigend. Das waren immer dieselben vertrauten Handbewegungen. Nelli saß derweil auf der Küchenbank und kurbelte an der Kaffeemühle und die Lampe leuchtete warm und gelb. Hier drinnen war alles wie sonst, auch wenn draußen alles dunkel und beängstigend war.

Ein paar Minuten lang sagte niemand etwas. Nelli kurbelte konzentriert vor sich hin und lauschte mit aufgestellten Ohren auf die Stimmen, die gedämpft von draußen hereindrangen. Schließlich stellte sie die Mühle auf den Tisch. »Kaffee ist gemahlen.«

Trude schüttete das Pulver in den Kocher.

Von draußen hörten sie gedämpfte Stimmen. »Nichts! Gar nichts!« – »Als gäb's keine Welt mehr!« – »Aber das kann doch gar nicht sein!«

Nelli drehte ihre Ohren in Richtung Fenster. »Hoffentlich verschlimmbessern diese Wirrköpfe nicht noch alles. Wer weiß, vielleicht versucht jemand sich als Pilot und lässt den Zeppelin abstürzen!«

Trude setzte sich an den Tisch, während der Kocher leise vor sich hin brodelte und tropfte. Es war so still und friedlich hier! Konnte man sich nicht einfach wieder ins Bett legen und zu dem Geräusch des Kochers einschlafen? Und vergessen, dass da draußen alles furchtbar verwirrend und bedrohlich war?

Der Kaffee war fertig. Trude füllte ihn in zwei Tassen. Still saßen die beiden Artistinnen da, lauschten und nippten vorsichtig, bis der Kaffee kühl genug wurde, um ihn zu trinken. Draußen gingen immer mehr Lichter an. Immer mehr Stimmen riefen durcheinander, immer mehr Füße trappelten vorbei.

Als sie wieder hinauskamen, waren die Spekulationen bereits

in vollem Gange. Alles scharte sich um Woimick und Trude und Nelli gesellten sich dazu und drängelten sich vor.

»Nichts! Überhaupt nichts!«, rief Sägebrecht und wackelte panisch mit den Antennen. »Alles schwarz da draußen! Kein Himmel, keine Erde, keine Sterne. Nichts!«

»Ruhig«, befahl Woimick, »wir warten erst einmal ab, was die anderen sagen. Vielleicht bist du ja nur nachtblind!«

Da kamen Beppo und Coccinellus von draußen hereingestürmt. Beide waren atemlos.

»Von da drüben sieht man auch nichts«, meldete Coccinellus mit zittriger Stimme. »Alles ist schwarz.«

Beppo knabberte nervös auf seiner Unterlippe herum. »Als gäb's draußen keine Welt mehr«, rief er.

»Aber das ist doch nicht möglich«, wandte Herr Bröllhuber ein, »irgendwo müssen wir ja sein!«

»Wir sind aber nirgendwo«, jammerte Sägebrecht.

»Ich hab's«, schlussfolgerte Woimick, als wäre das seine Idee gewesen, »wir sind im Nirgendwo.«

»Das Nirgendwo!«, rief Madam Mystia, als würde das alles erklären.

»Ja, das macht schon Sinn«, gab Frau Bröllhuber zu. »Genau. Im Nirgendwo sind wir.«

»Aber warum?«, fragte Trude verwirrt. »Wie ist denn das passiert?«

»Das Nirgendwo hat uns gefressen«, erklärte der große Coccinellus im Brustton der Überzeugung.

»Einfach so oder wie?«, fragte Frangipani erschrocken.

»Vorher gefragt hat es uns jedenfalls nicht«, stellte Woimick fest.

Bertwin starrte erschrocken von einem zum anderen.

»Aber warum ausgerechnet uns?«, murmelte Rembert, der Illusionist und zupfte an seinem Ziegenbart. »Wem haben wir denn was getan?«

Woimick sog die Luft ein. »Wir haben«, summte er überzeugt, »wahrscheinlich die Nirgendwohner gestört.«

»Was sind denn Nirgendwohner?«, fragte Trude.

»Weißt du das nicht?«, motzte Sägebrecht sie ungnädig an.

»Nein. Was *sind* denn Nirgendwohner?«

»Nirgendwohner sind … ähm«, setzte Woimick an, dann musste er überlegen, und dann ärgerte er sich, weil er es auch nicht wusste. Noch mehr ärgerte er sich, dass alle Augen gespannt auf ihn schauten. »Nirgendwohner sind die Bewohner vom Nirgendwo, ist doch klar. Und die können das Nirgendwo … nehmen und um Leute herumwickeln, die sie gestört haben. Wie eine Decke. Ist doch klar. Sonst wären wir ja wohl nicht hier!«

»Ach so«, sagte Trude.

»Meine Großmutter hat mir mal erzählt«, warf Lukas, der Gewichtheber ein, »dass die Nirgendwohner sich Sachen schnappen, die ihnen gefallen. Wenn man etwas Hübsches hat und eines Tages ist es weg – dann ist es nirgendwo zu finden. Und dann, sagt meine Großmutter, haben es die Nirgendwohner mitgenommen.«

Frau Bröllhuber schnappte nach Luft. »Vielleicht haben die Nirgendwohner uns geschnappt und mitgenommen, weil wir ihnen so gut gefallen haben!«

Trude runzelte die Stirn. So hübsch waren sie ja nun auch nicht, dass irgendjemand sie klauen würde, dachte sie. Besonders nicht Frau Bröllhuber, und schon gar nicht Woimick oder Lukas oder Sägebrecht. Oder Hilde!

Gerade in dem Moment fing Hilde laut an zu schnauben. »Nirgendwohner! So ein Unsinn.« Sie gluckste. »Als würde uns jemand klauen. Ihr habt einfach nur Angst vor der Nacht da draußen, ihr Hasenfüße!«

Da hob Madam Mystia die Hände. »Darf ich um Ruhe bitten?«

Sofort verstummten alle. Mystia schloss die Augen, die Hände mit ausgestreckten Fingern vor dem Gesicht, und murmelte ein paar fremdländische Worte. Dann öffnete sie ihre Augen wieder. Besorgt schaute sie herum. »Ich fühle nur eure Anwesenheit«, erklärte sie. »Ihr seid hier, aber da ist nichts anderes mehr. Ich fühle den Rest der Welt nicht.« Sie atmete schwer. »Keine Abbilder von Bäumen, Flüssen, Bergen oder einer einzigen lebenden Seele. Als wäre der Rest der Welt tatsächlich einfach nicht mehr da.«

»Und das sagt Madam Mystia, die Regenwürmer aus der Hand liest!« Hilde wackelte mit dem Zeigefinger und kicherte. Offensichtlich hatte sie Käpt'n Köpfers Schädelsprenger vorhin eifrig zugesprochen.

Mystia atmete noch einmal schwer ein und aus. »Und du, Hilde – in deiner Zukunft sehe ich schlimme Dinge. Nimm dich in Acht!«

»Oho, eine Ferndiagnose ohne Handlesen«, flüsterte jemand neben Trude, und natürlich war es Nelli. »Und ich wette, Hilde muss nicht mal dafür blechen!« Sie knuffte Trude in die Seite.

»Schluss jetzt!« Woimick hob das vorderste Beinpaar. »Wenn irgendein Nörgler die Existenz der Nirgendwohner anzweifelt, dann soll er gefälligst die Klappe halten oder einen besseren Vorschlag machen. Es geht hier um einen Notfall und wir müssen alle zusammenhalten. Keiner schert aus und keiner macht irgendetwas auf eigene Faust!«

»Wie wär es, wenn ich mich an meinem Spinnfaden herunterlassen würde?«, fragte Irmfriede mit ihrer sanften Stimme. »Vielleicht finde ich ja doch den Erdboden.«

»Das ist viel zu gefährlich. Erst mal bleibst du hier, Irmfriede«, bestimmte Woimick. Und dann lauter: »Das gilt auch für alle anderen. Keiner von euch geht mehr raus ohne meine Erlaubnis!«

Trude zupfte Rembert am Ärmel. »Rembert«, sagte sie leise, »bist du sicher, dass du das hier nicht verursacht hast?«

Rembert drehte sich empört um. »Bitte was?!«

»Du bist immerhin ein Zauberer. Vielleicht hast du aus Versehen einen Bann auf den Zeppelin gelegt. Manchmal macht man Sachen und merkt es nicht.«

Rembert schaute ausgesprochen wütend auf Trude hinunter. »Erstens, meine Liebe, bin ich kein Zauberer, sondern ein Illusionist.«

»Richtig«, warf Nelli ein. »Ein Zauberer kann Magie. Ein Illusionist ist ein Artist, der nur so tut, als ob er zaubert. Und Rembert ist vier Mal durch die Aufnahmeprüfung zum Zauberlehrgang gerasselt. Der kann nicht mal einen Tee mit Magie aufwärmen. Schon gar nicht aus Versehen.«

»Danke, Nelli«, sagte Rembert. »Immer wieder charmant. Und zweitens: Wenn ich wirklich zaubern könnte, denkst du dann, ich würde mit so einem klapprigen kleinen Zirkus durch die Weltgeschichte fahren? Dann würde ich gutes Geld verdienen, das sage ich dir!«

»Hätte ja sein können«, meinte Trude kleinlaut.

Derweil erreichte die Verzweiflung der anderen Zirkusmitglieder einen neuen Höhepunkt.

»Was sollen wir denn jetzt machen?«, jammerte Sägebrecht.

»Wir können doch nicht für immer im Dunkeln herumfliegen«, jammerte Coccinellus.

Herr Bröllhuber war entschlossen, seine Familie zu beschützen. »Dann müssen wir uns eben befreien! Die Nirgendwohner werden schon merken, mit wem sie sich angelegt haben.«

»Aber wenn sie vielleicht in der Überzahl sind?«, gab Beppo zu bedenken und kratzte sich am Kopf.

»Wie viele sind es denn eigentlich?«, rätselte Sägebrecht.

»Und kann man überhaupt mit denen kämpfen?«, murmelte Beppo. »Wir wissen ja gar nichts über diese Nirgendwohner.«

»Falsch, wir wissen eine Sache.« Frangipani hob weise die Schwanzspitze. »Wir wissen, dass sie Zirkusse mögen.«

»Wenn wir eine Vorstellung für sie geben, dann lassen sie uns vielleicht gehen«, rief Lukas. »Das ist eine geniale Idee, Frangipani! Ja, das würden sie bestimmt mögen.«

»Gut mitgedacht«, lobte Woimick. »Wenn man sie nicht bekämpfen kann, kann man sie vielleicht besänftigen – indem wir ihnen geben, was sie wollen. Einen Abend voll glitzernder Unterhaltung mit den besten Artisten!«

»Das klingt vernünftig«, gab Rembert zu.

»Zieht das Zelt hoch!«, brüllte Woimick und surrte zu seinem Wagen, um seinen Glitzerfrack zu holen.

»Puh, so ein Pech, dass das ausgerechnet uns passiert«, seufzte Lukas und legte ein Käferbein um Beppo, den Clown. »Ich brauch auf den Schrecken einen Abendschoppen. Du auch, oder? Einen Glühwein, zum Auflockern für die Vorstellung?«

»Das klingt gar nicht so schlecht«, seufzte Trude leise, während die beiden abmarschierten. »Nelli, lass uns noch einen Kaffee kochen, damit wir wach bleiben!«

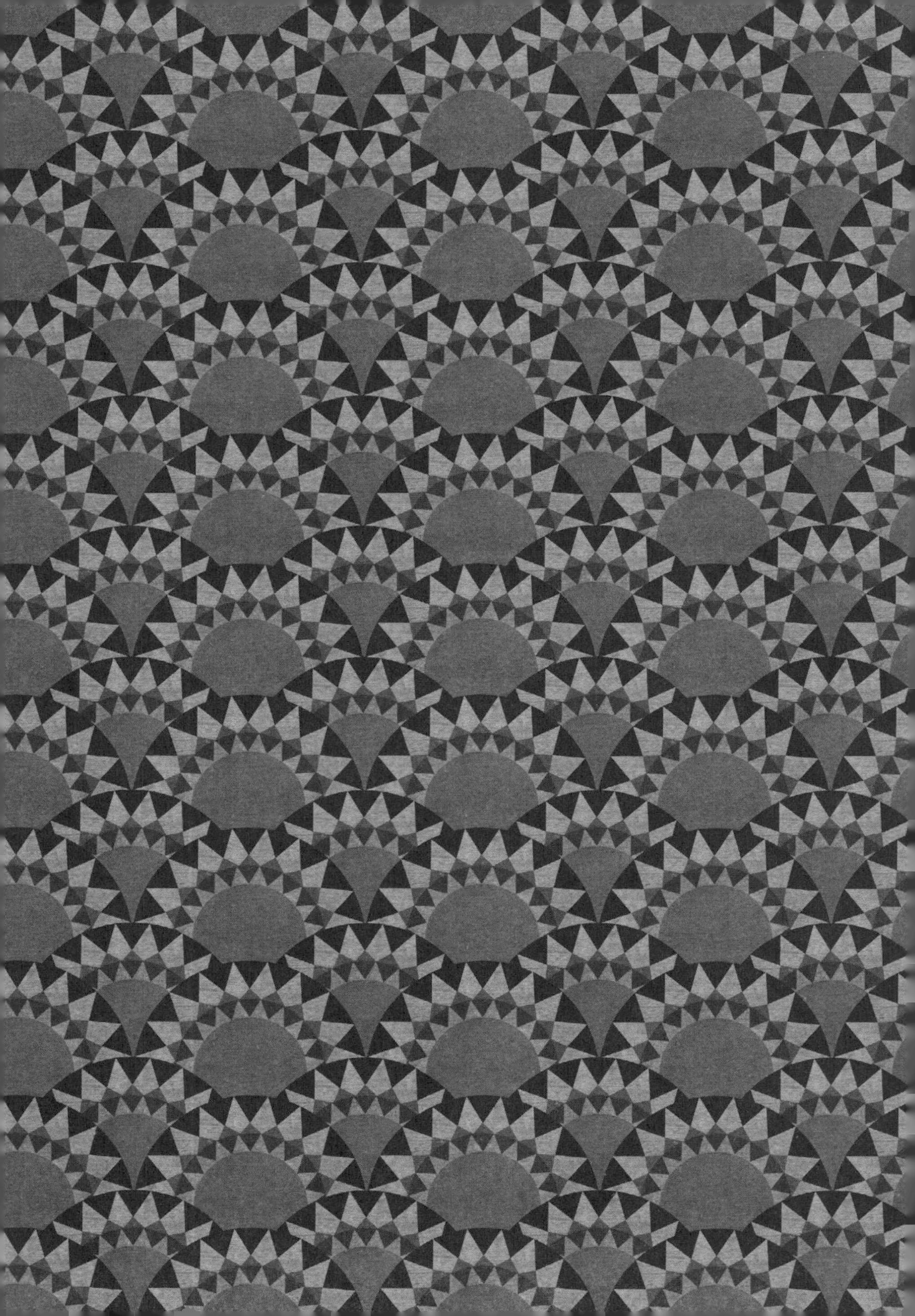

3. Kapitel

Ohne Netz und doppelten Boden

Die Gondel des Zeppelins war nicht hoch genug, um das Zelt vollständig zu entfalten. Aber es reichte, um das Dach des Zeltes auf sein Gestänge zu bauen und die Manege darunter aufzustellen. Es war viel niedriger, als man es gewohnt war, und natürlich mussten auch die Plattformen für Irmfriedes Seiltanz und die Trapeze für Kläri, Lotte und Mariechen viel niedriger eingestellt werden. Aber nach fünfunddreißig Minuten war alles bereit. Ränge und Publikum fehlten, aber das Grammofon spielte den Zirkusmarsch, der Samtvorhang zur Manege war aufgehängt und um die Manege herum standen die Mitglieder des Zirkus Woimick (und womöglich auch die vergnügungssüchtigen Nirgendwohner).

Woimick trug seinen Glitzerfrack und knallte mit der Peitsche. »Mein hochverehrtes Publikum«, rief er, auch wenn seine Stimme etwas zitterte, »willkommen im weltberühmten Zirkus Woimick! Und gleich zu Anfang eine Sensation: Er war seinerzeit das jüngste Mitglied der Clown-Akademie und hat mit vierzehn die Goldene Sahnetorte von Südwärts gewonnen! Bertwin, auch genannt das große Schweigen!«

Bertwin, mit weiß geschminktem Gesicht und schwarzem Anzug, trat durch den roten Samtvorhang. Erst lief er gegen den Wind, wie er das immer tat; dann wurde aus dem Wind ein Orkan; dann hörte der Orkan plötzlich auf, und Bertwin fiel vornüber, weil er sich immer noch nach vorne lehnte. Als er wieder aufstand, begann es zu regnen. Zuerst regnete es nur ein bisschen, dann mehr; und als er vor dem Regen flüchten wollte, stieß er am Rand der Manege an eine unsichtbare Wand und fiel auf den Hintern.

»Irgendwie ist er heute nicht so gut«, flüsterte Nelli. »Er wäre fast über den Rand hinausgeprescht.«

»Er ist schrecklich nervös, wie wir alle«, seufzte Trude.

»Du sei mal besser nicht nervös«, sagte Nelli und funkelte Trude düster unter ihrem Federschmuck an. »Ich will heute nicht als Schaschlik enden!«

Bertwin verbeugte sich und verschwand dann durch den Vorhang. Gleich darauf tauchte er zwischen den anderen am Rand der Manege auf.

»Na, Bertwin?« Hilde tätschelte ihm die Schulter und kicherte. »Nich so nervös! Was ist dir denn über die Leber gelaufen?« Bertwin öffnete den Mund, dann schloss er ihn wieder. Und er sah sehr unglücklich dabei aus.

Es war seltsam, eine komplette Vorstellung ohne Publikum und ohne Applaus zu sehen, dachte Nelli. Während der normalen Proben ging man ja auch das Programm durch, aber dabei hatten alle ihre Turnsachen an und nicht die Kostüme. Und Woimick tat nicht so aufgeblasen.

Lukas trug die rot-weiße Drehscheibe in die Manege.

Nelli stupste Trude an. »Los geht's«, flüsterte sie, und Trude folgte ihr zum roten Samtvorhang.

Durch den Vorhang drang Woimicks Stimme. »Als Nächstes ein Akt, bei dem Ihnen der Atem stockt! Ein Dutzend Klingen im freien Flug – die tollkühne Trude und ihre bezaubernde Assistentin, die furchtlose Nelli!«

Trude schubste sich zuerst durch den Vorhang und warf ein blendendes Lächeln in alle Richtungen und Nelli folgte ihr und hängte ihre Pfoten in die Schlaufen auf der Scheibe.

Trude war nervös, das war nicht gut. Sobald sie Nelli ihr Gesicht zuwandte, fror ihr Lächeln ein, und nur noch eine Grimasse der Konzentration blieb übrig.

Das kann ja heiter werden, dachte Nelli und biss die Zähne zusammen. Messer eins flog zuverlässig und landete dort, wo es sollte. Messer zwei rutschte Trude allerdings aus den Fingern, und sie musste es aufheben, bevor sie es warf.

»Himmelnochmal«, knurrte Nelli sehr leise vor sich hin. Hatte Trude etwa glitschige Finger vom Angstschweiß?

Dann wurde die Scheibe angeschubst und Nelli drehte sich langsam nach links. In dem Moment begann ein ganz leichtes Schwindelgefühl in ihr aufzusteigen. Das kam nicht davon, dass sie gleich auf dem Kopf stehen würde, sondern davon, dass etwas nicht in Ordnung war. Aber was es war, das konnte Nelli nicht ausmachen. Sie hatte das plötzliche Bedürfnis, »Halt!« zu schreien und die Vorführung zu stoppen. Trude war komisch, die Scheibe war komisch und das war gefährlich.

Da landeten schon Messer drei und vier neben ihren Füßen – aber nicht symmetrisch. Nun ja, das war noch verzeihlich. Das fünfte und sechste und siebente Messer erreichten ebenfalls ihr Ziel. Doch dann drehte sich die Scheibe schneller und noch schneller und da fühlte Nelli einen schweren Klumpen im Magen. Irgendetwas war ganz sicher nicht in Ordnung! Aber was tun? Hier hing sie nun und drehte und drehte sich und Trude hob schon das Messer!

Nelli krallte sich in ihre Schlaufen und öffnete den Mund, und dann kam das achte Messer und landete rechts neben ihrer Brust – und sofort das neunte, und das traf nicht das Holz, sondern die bezaubernde Assistentin. Nelli hörte den Aufschrei um sich herum und sie schaute hinunter auf ihre linke Achsel. Für einen kurzen, schrecklichen Moment dachte sie wirklich, Trude hätte sie aufgespießt. Das Messer schaute jedenfalls aus ihrem Pelz heraus. Aber dann schnappte Nelli nach Luft, und es tat nicht weh – und da wusste sie, dass das Messer nur ihr Fell erwischt hatte. Als sie ausatmete, berührte sie tatsächlich mit der Haut die kalte Klinge. Das war knapp gewesen!

»Nelli!«, schrie Trude und knickte zusammen wie eine Marionette ohne Fäden.

Lukas hielt die Scheibe an. Nelli ließ eine Schlaufe los und hob die Pfote. »Ich lebe.«

Woimick kam angeschossen. »Bist du getroffen?«

»Nein. War nur der Pelz. Aber du entschuldigst mich, wenn ich mit der Nummer nicht weitermachen will.«

Woimick surrte nervös zurück auf seine Position und nahm die Peitsche wieder in den Vorderfuß. »Haha. Nur ein kleiner Zwischenfall. Bei uns ist eben alles echt! Aber keine Sorge, hochverehrtes Publikum, gleich geht es weiter!«

Trudes Knochen hatten sich samt und sonders in Pudding verwandelt. Nelli musste sie fast zum Vorhang zurücktragen.

»Geht's dir auch wirklich gut?«, wimmerte Trude.

»Ja, und jetzt reiß dich zusammen!«, fauchte Nelli. »Wie alt bist du eigentlich?«

»Ich hätte dich fast ins Herz getroffen!«

»Das hab ich mitbekommen.«

Nelli setzte Trude auf den Stufen des nächsten Wohnwagens ab. »Ich hab's noch gesagt«, fauchte sie. »Zu viel Routine. Mit dieser Nummer treten wir nie wieder auf. Falls ich jemals wieder mit dir auftrete!«

»Es tut mir leid«, wimmerte Trude und schluckte ein paarmal. »Es tut mir wirklich leid, Nelli, ich weiß nicht, was da passiert ist!«

Bertwin trat zu ihnen. Auch er war bleich. Fragend schaute er Nelli an.

»Mir geht's blendend«, fauchte Nelli. »Kümmer dich lieber um die da. Leih ihr einen Mantel oder so was.«

Bertwin setzte sich neben Trude und klopfte ihr beruhigend auf die Schulter. In der Manege bestieg derweil Irmfriede ihr Gerüst und bereitete sich auf ihren Seiltanz vor. Woimick pries sie in den höchsten Tönen an.

Nelli rieb über die Stelle, wo das Messer ihr Fell gestutzt hatte. »Wie kann man so blöd sein? Wenn du keine sichere Hand hast, dann wirf die Messer nicht so schnell hintereinander!«

Trude biss sich auf die Lippe. Zwar weinte sie noch nicht, aber Bertwin reichte ihr vorsichtshalber schon einmal ein Taschentuch. »Ich wollte doch nur …«

»Jetzt sag doch auch mal was«, fuhr Nelli Bertwin an. »Wie soll ich mit der Tranfunzel da noch arbeiten?«

Bertwin machte den Mund auf, und er machte den Mund zu, aber er sagte nichts. Und er sah sehr unglücklich aus dabei. Schließlich begann er, in seiner Tasche zu kramen, holte ein Bonbon heraus und reichte es Trude. Trude war so verdattert, dass sie für einen Moment aufhörte zu schniefen. Dann aber brach sie in wahre Sturzbäche aus.

Und plötzlich entbrannte ein Tumult hinter ihnen. Ein lauter Knall, dann ein Japsen und Schreien aus vielen Kehlen. Trude, die über Nellis Schulter in die Manege gucken konnte, schlug entsetzt die Hände vors Gesicht.

Irmfriede war gestürzt. Sie hatte ihren Faden von einer Plattform zur anderen gesponnen – und als sie versucht hatte, darauf zu laufen, war er gerissen. Coccinellus und Bertwin stürzten sofort herbei und halfen ihr, ihre zahlreichen Beine zu ordnen.

»Nichts passiert«, ertönte Irmfriedes sanfte Stimme über dem Tumult. »Ich bin ja nicht tief gefallen.«

Nelli drängelte sich nach vorn. »Das sind mir wirklich zu viele Schrecken für einen Tag«, murmelte sie und griff sich an den Kopf.

»Wie verhext heute«, sagte Hilde und genehmigte sich einen Schluck Schädelsprenger.

Die Plattformen wurden schnell aus der Manege getragen, und Woimick kündigte an, es werde nun mit dem glorreichen Illusionisten Rembert weitergehen.

»Na, wenigstens bei dem kann nicht viel passieren«, sagte Frau Bröllhuber beklommen. »Der macht ja nichts Gefährliches.«

Da zappelte etwas hinter dem Samtvorhang. Und dann kam Rembert in die Manege, aber weit kam er nicht. Er stürzte vorwärts, ruderte mit den Armen und röchelte. Ihm war ganz offensichtlich etwas Furchtbares zugestoßen. Plötzlich fiel er vornüber in den Sand und krümmte sich, als hätte er einen Krampf.

Nelli war die Erste, die über den Rand der Manege sprang und ihm zu Hilfe eilte. Sie drehte ihn auf den Rücken, und da sah sie, dass in seinem Mund Papierblumen steckten.

»Heiliger Strohsack«, keuchte sie und versuchte, ein paar

Blumen zu fassen zu kriegen. Ihre langen Stiele schienen Rembert im Hals zu hängen. Rembert krümmte sich derweil weiter.

»Dreht ihn auf den Bauch!« Hilde schubste sich dazwischen, schnappte Rembert an der Schulter und legte ihn über Nellis Knie und dann haute sie ihm kräftig zwischen die Schulterblätter. Rembert röchelte und hustete und spuckte Blumen und endlich kam Bewegung in die anderen Zirkusleute.

»Er erstickt! Los, helft ihm!«

Ein paar Papierblumen landeten auf dem Boden. Dann fing Rembert selbst an, die durchweichten Dinger aus seinem Mund zu ziehen. Hilde klopfte weiter kräftig auf ihm herum. Schließlich setzte Rembert sich auf und schnappte nach Luft, froh, dass er überhaupt wieder atmen konnte. Irgendjemand brachte ihm ein Glas Wasser.

»Rembert, was machst du denn für Sachen?«, rief Sägebrecht entsetzt. »Wie ist dir das bloß passiert?«

»Ich weiß nicht«, röchelte Rembert. »Ich weiß es wirklich nicht.«

»Wie hast du denn deine Blumen in den Mund bekommen? Ich weiß, du ziehst dir ja immer Blumen aus dem Mund – aber das ist doch ein Trick! Du hast doch gar nicht wirklich Blumen im Mund«, stellte Sägebrecht fest. »Oder?«

»Genau!« Rembert richtete sich auf und trank einen Schluck. »Ich habe sie ja eigentlich im Ärmel. Aber eben, hinter dem Vorhang, da wollte ich es noch einmal schnell ausprobieren, bevor ich rausgehe, und dann – dann waren die auf einmal …« Er hustete.

»Bringt Rembert an eine sichere Stelle«, befahl Woimick, »und dann machen wir direkt weiter mit der Zersägten-Jungfrau-Nummer! Hilde, du bleibst hier. Bringt die Kiste rein!«

Nelli drehte sich um und stapfte zurück zu Trude und Bertwin. Sie wusste nicht, auf wen sie wütender war: auf Trude, die nicht so funktionierte, wie sie sollte – oder auf den Rest der Welt, der auch nicht so funktionierte, wie er sollte. »So kann ich nicht arbeiten!«, raunzte sie und warf die Pfoten in die Luft.

»Heute ist alles wie verhext«, piepste Trude. »Erst du, dann Irmfriede, dann Rembert …«

»Aber du hast angefangen!«, fauchte Nelli.

Bertwin drückte ihr die Hand auf die Schulter, um sie zu beruhigen. Nelli schüttelte die Hand weg und fuhr ihn wütend an: »Erzähl du mir nicht, dass ich mich nicht aufregen darf, du Waschlappen! Du bist ja nicht derjenige, der fast aufgespießt worden wäre!«

»Ich kann's mir nicht erklären«, jammerte Trude. »Und es tut mir so leid, Nelli!«

»Ist mir egal«, rief Nelli, »du wirst jedenfalls nie wieder irgendwas auf mich werfen, nicht mal einen Wattebausch!«

Trude starrte unglücklich vor sich hin und zog die Schultern hoch, und Nelli setzte gerade zu weiteren wütenden Worten an – als hinter ihnen ein markerschütternder Schrei ertönte.

Und da dachte Nelli nicht mehr an Trudes schlechten Wurf.

Trude und Nelli saßen auf einem Bänkchen in Irmfriedes Wagen. Auf dem Fußboden lag eine Decke, und darauf lag Hilde, die völlig weggetreten war. Trude zitterte immer noch. Ihr Puls beruhigte sich nur langsam. Und das Schlimmste war, dass Nelli böse auf sie war! Mit gutem Grund! Wie sollte man das alles aushalten?

Derweil beäugte Nelli die auf dem Boden liegende Hilde. »Ist es schlimm?«, fragte sie mitfühlend.

Irmfriede wusch sich die Vorderfüße. »Nichts Lebensbedrohliches. So eine Säge ist ja zum Glück nicht sehr scharf. Aber es war eine ziemlich blutige Angelegenheit, deshalb musste ich es nähen.«

»Wir dachten schon, es wäre viel schrecklicher«, hauchte Trude, »weil es so lange gedauert hat!«

»Gedauert? Gedauert hat es nur, Hilde genug Schädelsprenger einzuflößen, dass sie betäubt ist«, sagte Irmfriede und schaute so ironisch, wie eine Spinne schauen kann. »Die steckt eine Menge weg! Sie wollte auch irgendwann nicht weitertrinken, aber als ich ihr die Nadel gezeigt habe, da hat sie sich endlich beeilt. Na, und dann waren es noch sechzehn Stiche am Bauch. Und zum Schluss habe ich ihr noch einen Verband gesponnen. Das dauert auch ein paar Minuten.«

Trude und Nelli nickten. Jede von ihnen kannte die nützliche Wirkung von Irmfriedes Spinnweb-Pflastern aus eigener Erfahrung.

Trude warf noch einen langen Blick auf die Patientin. »Die Arme«, flüsterte sie.

Hilde machte ein Geräusch, das wie »uuuarg« klang, und versank dann wieder in Bewusstlosigkeit.

Nelli starrte vor sich hin.

»Sie kann heute Nacht hierbleiben, ich passe auf sie auf«, sagte Irmfriede. »Ihr braucht mir nicht helfen. Geht ruhig raus zu den anderen. Sagt ihnen, Hilde ist stabil. Besonders Sägebrecht. Er war bleich wie der Tod!«

Draußen standen sie alle herum wie begossene Pudel. Sägebrecht saß zitternd auf dem Rand der Arena und brachte kein Wort heraus. Frangipani und Coccinellus klopften an ihm herum.

Trude hockte sich vor ihn hin. »Sägebrecht«, sagte sie, »du brauchst dir keine Sorgen mehr machen. Es sind nur ein paar Stiche. Sie schläft jetzt ganz friedlich.«

Sägebrecht schluchzte. »Meine Hilde! Meine arme Hilde!«

»Wie konnte das nur passieren?« Woimick riss an seinen Antennen. »Wie kann so viel schiefgehen? An ein und demselben Tag?!«

»Wir sind alle etwas nervös und aufgeregt wegen der Nirgendwohner«, warf Frangipani ein.

»Allen ist irgendwas Furchtbares zugestoßen«, sagte Coccinellus und sah sich nervös um, als vermutete er in den Schatten zwischen den Wagen irgendwelche bösen Geister. Seine zwei vorderen Beinpaare spielten nervös miteinander. »Irmfriede ist abgestürzt und Hilde ist wirklich zersägt worden!«

»Nicht ganz«, warf Nelli ein, und Sägebrecht heulte auf.

»Und Nelli ist von einem Messer getroffen worden!« fuhr Coccinellus fort.

»Auch hier: nicht ganz«, stellte Nelli klar.

»Und Bertwin ...« Coccinellus' Blick wanderte zu Bertwin und dann schauten alle hin. Erleichtert setzte Coccinellus hinzu: »Immerhin, Bertwin ist nichts Schlimmes passiert.«

Bertwin öffnete den Mund, weil ihn alle anstarrten; er zuckte mit dem einen Auge, dann schaute er verzweifelt und dann machte er den Mund wieder zu.

Trude schaute zu Nelli und sah, dass die die Ohren spitzte. Ach was: Ihr ganzer Körper spannte sich wie eine Bogensehne!

»Nelli, was ist denn?«, wisperte Trude.

»Bertwin hat schon erstaunlich lange nichts mehr gesagt, findest du nicht?«, flüsterte Nelli zurück.

»Aber was soll ihm denn passieren, ohne gefährliche Requisiten?«, schnaubte Frau Bröllhuber. »Er kann ja höchstens auf die Nase fallen!«

»Bertwin, sag doch auch mal was«, wandte sich Nelli an ihn, und sie sagte es in so einem komischen Ton, dass Trude ein ganz dumpfes Gefühl in der Magengrube bekam.

Bertwin sagte nichts. Er starrte zu Boden.

Da drehte sich Woimick zu ihm um. »Bertwin«, sagte er, »was ist los?«

Bertwin, eine traurige Figur im schwarzen Anzug und mit weißer Gesichtsbemalung, zuckte mit den Achseln und rang die Hände.

»*Kannst* du vielleicht nicht sprechen?«, fragte Frau Bröllhuber vorsichtig.

Bertwin schüttelte trübselig den Kopf.

»Oh nein!« Trude schlug die Hand vor den Mund. »Da haben Sie recht! Er hat nicht mehr gesprochen, seit uns das Nirgendwo verschluckt hat! Oder, Bertwin?«

Bertwin schüttelte wieder den Kopf und dann schlang er mit einem Ausdruck absoluter Verzweiflung die Arme um sich selbst.

»Aber wie das denn? Ich meine, es ist doch noch alles da, oder?«, fragte Woimick verdattert. »Bertwin, deine Zunge ist doch noch da. Und dein Kehlkopf und alles. Oder?«

Zum Beweis streckte Bertwin seine Zunge heraus.

»Du kannst nicht mehr reden? Einfach so?«, fragte Lukas entsetzt.

Coccinellus kratzte sich an der Antenne. »Vier Nummern, vier Unfälle, alle in derselben Nacht. Ist das nicht seltsam?«

Rembert knabberte auf seiner Unterlippe herum. »Coccinellus hat recht. Der Pantomime verstummt. Das ist doch auffällig.«

»Und die zersägte Jungfrau wird tatsächlich angesä-hä-häääägt«, wimmerte Sägebrecht.

»Immerhin«, meinte Frau Bröllhuber beklommen, »zum Glück haben wir unsere Nummer noch nicht angefangen. Das wäre ja schrecklich, wenn einer von uns plötzlich ein wildes Tier werden würde!«

Frangipani nahm derweil den Faden auf. »Die Seiltänzerin stürzt ab und die Messerwerferin trifft fast ihre Assistentin. Beides Nummern, die viel gefährlicher aussehen, als sie sind – nur heute gehen sie schief.«

»Und Rembert erstickt fast an einem Strauß Blumen, den er gar nicht wirklich im Mund hat«, rief Woimick entsetzt.

»Es ist so ... als wären unsere Illusionen alle wahr geworden«, überlegte Trude laut, und dann war es einen Moment lang still. Nur das Surren der Propellerschraube am Heck war zu hören.

Es war Lukas, der als Erster flüsterte: »Die Nirgendwohner?«

»Na, denen traue ich ja mittlerweile alles zu«, quakte Frau Bröllhuber verärgert, und ihr Gatte fiel ihr ins Wort: »Pscht, du wirst sie noch wütend machen!«

»Sie sind bestimmt schon wütend auf uns«, wandte Coccinellus ängstlich ein. »Sonst hätten sie uns ja nicht verhext, dass alle unsere Illusionen wahr werden.«

Trude fand, dass man das nicht so negativ sehen sollte. »Vielleicht war es auch nett gemeint.«

»Ja, genau!« Madam Mystia zog ihre Robe enger um sich. »Vielleicht haben sie uns Zauberkräfte gegeben, um uns ein Geschenk zu machen. Und wir wissen einfach nicht damit umzugehen.«

»Stumm werden ist ja nun keine Zauberkraft«, wandte Nelli halblaut ein, aber niemand beachtete sie. Denn die anderen Mitglieder des Zirkus Woimick schauten sich an und grübelten, ob Trude und Madam Mystia eventuell recht haben könnten.

»Ja, vielleicht sind die Nirgendwohner gar nicht böse«, meinte Frangipani hoffnungsvoll. »Vielleicht ist alles nur ein dummes Missverständnis.«

»Was reimt ihr euch denn da immer zusammen?«, rief Nelli empört.

Woimick räusperte sich und musterte Nelli streng. »Du schon wieder. Das war ja klar. Na ja, wir können das leicht überprüfen.«

»Genau«, rief Rembert. »Wenn alle unsere Nummern wahr werden, dann muss Madam Mystia jetzt eine richtige, echte Hellseherin sein.«

»Aber das ist sie doch!«, quakte plötzlich Herr Bröllhuber so laut, dass alle zusammenzuckten. »Sie hat in Hildes Zukunft etwas Schlimmes gesehen! Und das ist auch eingetreten!«

Ein Raunen ging durch die Menge.

Woimick surrte aufgeregt um die Wahrsagerin herum. »Mystia, was siehst du? Hast du eine Vision, was jetzt passieren wird?«

Mystia schloss die Augen und legte die Finger an die Schläfen. »Ich sehe Gefahr.«

»Was für Gefahr?«, drängte Woimick.

»Gefahr für einen von uns. Und … ein anderer wird den Verstand verlieren!« Mystia schüttelte sich und dann fiel sie plötzlich in einem Wirbel von violetten Gewändern zu Boden.

Alle schnappten nach Luft. Rembert war zuerst bei ihr und half ihr, sich aufzusetzen.

»Das hat uns ja grade noch gefehlt«, flüsterte Trude beklommen, und selbst Nelli hatte kein freches Wort zu sagen.

»Keine Sorge, es ist nichts«, wehrte Mystia schwach ab. »Es war nur … zu viel. Ich habe noch nie so viele Bilder auf einmal gesehen.« Dann zuckte sie zusammen. Sie schaute wild herum, bis ihr Blick auf Frangipani fiel. »Du bist der, der in Gefahr ist. Nimm dich in Acht!«

»Wird mir auch etwas Schlimmes passieren?«, fragte Frangipani mit gefasster Stimme.

»Das ist noch nicht sicher.« Mystia atmete tief durch. »Aber du musst vorsichtig sein!«

»Und wer wird wahnsinnig?«, fragte Nelli interessiert.

»Ich kann es nicht sehen«, antwortete Mystia, »aber … ich bin sicher, dass derjenige jetzt nicht hier ist. Ja, es wird immer klarer: Er ist nicht hier.«

Nelli ärgerte sich etwas, dass alle das Ziel aus den Augen verloren: einen handfesten Beweis für die Idee, dass all ihre Illusionen echt geworden waren. Deshalb drängelte sie sich vor und tippte Woimick an. »Warum testen wir nicht Pepi? Das ist eine Illusion, die wir ausprobieren können, ohne dass dabei jemand zu Schaden kommt.«

»Du meinst … ob er spricht?«, fragte Woimick. »Gute Idee. Ja, das ist wirklich schlau. – Coccinellus! Hat sich Pepi in letzter Zeit irgendwie auffällig verhalten?«

»Pepi verhält sich gar nicht«, sagte Coccinellus. »Er ist aus Leinen und Sägemehl. Hoffe ich.« Dabei schielte er ängstlich auf die Marienkäfer-Puppe, die er unter dem Arm hielt.

»Das werden wir jetzt ausprobieren«, bestimmte Woimick. »Bring ihn in Position. Aber du sprichst nicht für ihn!«

Coccinellus tat, wie ihm geheißen worden war, und presste die Mandibeln fest zusammen.

»Und jetzt beweg seinen Mund«, fuhr Woimick fort. Alle

Augen lagen auf Pepi. Sogar Coccinellus starrte ihn an, als hätte er ihn noch nie gesehen. Und Trude dachte bei sich, dass sie eigentlich gar nichts von Pepi hören wollte. Bauchrednerpuppen waren auch so schon gruselig genug.

Pepis Mund klappte auf und zu, und zuerst passierte gar nichts. Aber gerade, als alle aufatmeten – da dröhnte eine Stimme durch den Raum, so blechern und schrill, dass es in den Ohren wehtat.

»DIE NACHT WIRD EUCH ALLE FRESSEN! DIE NACHT WIRD EUCH ALLE FRESSEN!«

Coccinellus quiekte und schüttelte voller Entsetzen Pepi ab. Der fiel ins Sägemehl, und aus seinem offenen Mund klang noch ein langes, klagendes: »FRESSEEEEEEEEN …«

»Er spricht!«, kreischte Coccinellus. »Er spricht!« Und viele andere Stimmen schrien vor Entsetzen durcheinander. Um die hingeworfene Puppe bildete sich ein großer Kreis. Niemand wollte ihr zu nahe kommen.

Trude plumpste auf den Rand der Manege. »Wie furchtbar«, flüsterte sie.

Sogar Nelli stand mit offenem Mund da, die Pfote auf ihr Herz gepresst.

»Ruhe!«, surrte Woimick, aber niemand hörte auf ihn. »Ruhe! Ruhe jetzt!«

»Seid ruhig!«, brüllte Lukas, und seine tiefe Stimme drang durch den Lärm. Die Mitglieder des Zirkus schauten sich nach ihm um und waren für einen Moment still.

»Danke«, sagte Woimick. »Nur um das klarzustellen: Niemand probiert mehr irgendwelche Tricks oder Nummern aus! Niemand verlässt die Gondel – nicht mal, um hinauszuschauen –, und niemand versucht irgendwas auf eigene Faust! Ihr bleibt alle hier in euren Wagen. Und wenn ihr euren Wagen verlasst, dann nur zu mehreren. Niemand ist allein unterwegs!«

»Und wie lange?«, fragte Herr Bröllhuber ängstlich.

»Bis die Nacht vorbei ist«, bestimmte Woimick. »Morgen, wenn es wieder hell ist, sehen wir weiter.«

»Und wenn es nun nie wieder hell wird?«, quiekte Coccinellus.

»Genau!«, rief Rembert. »Wenn wir für immer im Nirgendwo gefangen sind? Und hier verschmachten müssen?«

»Das ist natürlich möglich«, gab Woimick schaudernd zu. »Aber so dürfen wir nicht denken.«

Trude wandte sich an die Expertin für Zukunftsfragen. »Mystia, was siehst du denn in der Zukunft? Sind wir hier für immer im Nirgendwo gefangen?«

Mystia schüttelte den Kopf. »Die Zukunft ist noch vernebelt. Wenn ich es wüsste, würde ich es euch doch sagen!«

Da polterte es hinter ihnen. Trude sah Beppo, in vollem Clownkostüm. Er war über die Sägekiste gestolpert und rappelte sich wieder auf. Alle um ihn herum wichen zur Seite, und das war auch kein Wunder, denn er sah furchtbar aus. Die zwei Kreuze, die er normalerweise auf den Augen hatte, waren auf seiner Stirn gelandet – das eine in der Mitte, das andere links. Die dicke rote Linie um seinen Mund war zwar auf der einen Seite ganz hübsch geraten, aber auf der anderen verschmiert bis an sein Ohr. Von den zwei runden Flecken, die er sich immer auf die Wangen malte, war nur einer vorhanden. Der war dafür aber doppelt so groß. Seine Perücke hatte er ganz vergessen. Seine Augen starrten glasig.

Trude stellten sich die Nackenhaare auf.

»Du bist zu spät für die Vorstellung, du hättest schon vor

einer Dreiviertelstunde hier sein sollen«, summte ihm Woimick streng entgegen. »Und wie siehst du überhaupt aus?«

Beppo starrte Woimick an; dann zuckte er plötzlich zurück, als sähe er Woimick zum ersten Mal, und lallte ein paar unverständliche Worte.

»Beppo! Bist du betrunken?«, rief Woimick empört.

Nun sprang Sägebrecht in die Bresche. »Verstehst du's nicht? Er ist der dumme Clown, der in der Gegend herumfällt! Es ist wahr geworden, er hat den Verstand verloren! Genau wie Mystia es vorausgesagt hat!«

Als wollte Beppo Sägebrechts Worte bestätigen, brabbelte er leidenschaftlich einige Sätze in die hohle Luft. Es klang wie: »Oh ja, bitte! Das hör ich am liebsten! Spiel's noch mal! Den ganzen Abend, bitte schön!« Aber er sprach dabei mit jemandem, den nur er sehen konnte; und auch die Musik, die ihm so gefiel, hörte nur er selbst. Er machte ein paar fröhliche Tanzschritte und wippte mit dem Kopf zu einem unhörbaren Takt. Dann versuchte er, über die Umrandung in die Manege zu steigen, und fiel dabei in den Sand. Das machte ihm aber nichts. Er richtete sich schwankend wieder auf und gluckste fröhlich in sich hinein.

»Immerhin«, meinte Nelli, »hat hier *einer* gute Laune.«

Trude trat ihr auf den Fuß.

Lukas krabbelte zu Beppo hin und packte ihn am Kragen. »Beppo! Beppo, kannst du mich hören?«

Beppo lächelte träumerisch und sagte: »Kannst du fliegen? Ich zeig's dir. Komm, ich zeig's dir!« Er breitete die Arme aus und rannte im Kreis – nicht lange, dann fiel er auf die Nase. Davon ließ er sich allerdings nicht entmutigen, rappelte sich auf und torkelte weiter.

Lächerlich hätte das aussehen sollen, dachte Trude, aber es war nicht zum Lachen. Es war absolut schrecklich. Beppo stolperte vorwärts und dann und wann machte er Luftsprünge. Lukas stand ratlos in der Manege und drehte sich mit. Stumm sahen die Zirkusleute zu.

»Er hat wirklich den Verstand verloren«, flüsterte Rembert.

»Irgendjemand sollte ihn aufhalten, bevor er sich wehtut«, meinte Frau Bröllhuber betreten, aber sie machte keine Anstalten, sich ihm in den Weg zu werfen.

Da krabbelte Lukas zu Beppo hin und hob ihn mit seinem Geweih hoch.

Beppo zappelte mit den Beinen in der Luft und stöhnte und jammerte unverständliches Zeug.

»Ich gring ihn in chein Gett«, knirschte Lukas an Beppo vorbei, und schob sich zwischen den anderen durch in Richtung von Beppos Wagen.

Still und besorgt machten ihm alle Platz.

»Das ist so schrecklich«, murmelte Frangipani und ringelte sich in Kreisen. »Schrecklich und erschreckend. Erschrecklich geradezu.«

»Schluss jetzt!«, rief Woimick und surrte über die Köpfe aller Zirkusmitglieder hinweg. »Niemand versucht mehr, seine Nummer durchzuführen. Oder auch nur zu proben! Am besten *denkt* ihr nicht einmal mehr daran! Keiner rührt mehr seine Ausrüstung an! Alle Finger, Füße und Pfoten weg, verstanden? – Frangipani, was machst du da?!«

Frangipani hatte sich über den Rand der Manege geschlängelt, wo sein Schwertkasten stand. Das war ein langer, schön polierter Holzkasten mit Metallbeschlägen. Mit der Schwanzspitze klappte Frangipani den Verschluss hoch.

»Hör sofort auf damit!«, kreischte Woimick. »Muss erst noch was Schlimmeres passieren?!«

Frangipani nahm das Schwert am Griff, hob es hoch und drehte es im Licht.

»Lass mich raten«, sagte Nelli gespannt, »es ist scharf.«

»Es ist scharf!« Frangipani drehte sich zu seinen Kollegen um und erbleichte unter seinen Schuppen.

»Dem Himmel sei Dank, dass du nicht versucht hast, es zu schlucken«, quiekte Trude, und Frau Bröllhuber schlug die Vorderfüße vor dem Gesicht zusammen.

Frangipani ließ sein Schwert wieder in den Koffer fallen, als wäre es heiß, und warf den Deckel zu. »Wie furchtbar! Woimick, ich hab Angst! Was sollen wir nur tun?!«

»Wir sind verloren!«, jammerte Coccinellus.

Woimick surrte in der Luft herum und versuchte verzweifelt, die aufgeregten Artisten zu übertönen. »Ruhe jetzt! Wir stellen die Requisiten weg, damit niemand drüberfällt. Brav und ohne Panik. Und dann gehen wir alle in unsere Wagen und schließen uns ein. Niemand unternimmt irgendetwas. Niemand verlässt allein seinen Wagen!«

»Und das Zelt?«, fragte Trude. »Sollen wir das nicht abbauen?«

»Es gibt Wichtigeres«, schnauzte Woimick nervös. »Alle in die Wagen! Und fasst nichts an! Am besten bewegt ihr euch überhaupt nicht mehr.«

Coccinellus hob den Vorderfuß. »Dürfen wir noch aufs Klo gehen?«, fragte er.

»Nur in Begleitung«, erwiderte Woimick. »Hopp, hopp! Tragt die Requisiten weg! Wir müssen jetzt alle außer Gefahr bleiben!«

Die Bröllhubers hüpften davon, so schnell sie konnten. Frangipani und Rembert folgten ihnen. Und während Trude noch nachdenklich hinter ihnen herblickte, zupfte Nelli sie am Ärmel. »Los, wir schauen noch mal nach Hilde«, sagte sie in einem Ton, der keine Widerrede duldete.

Trude packte Sägebrecht schnell am Fuß. »Sägebrecht, du kommst am besten mit!«, erklärte sie. Er war immer noch ganz verstört. Vielleicht würde es ihm gleich besser gehen, wenn er sah, wie gut Irmfriede Hilde verarztet hatte.

Irmfriede war noch in ihrem Wagen. Und während Sägebrecht seine berauschte Hilde betüddelte – die das gar nicht mitbekam –, nahmen Nelli und Trude Irmfriede zur Seite und erzählten ihr, was in den letzten Minuten vorgefallen war.

»Und jetzt sind wir alle in unsere Wagen verbannt und müssen zu zweit aufs Klo«, schloss Nelli. »Damit uns die Nirgendwohner nicht kriegen.«

»Diese Bauchrednerpuppe«, wimmerte Trude, »so etwas Gruseliges hast du noch nie gesehen! Davon werd ich Albträume kriegen, Irmfriede, du wirst schon sehen!«

»Sag mal«, fragte Nelli plötzlich, »du hattest doch vorhin Woimick vorgeschlagen, dir die Nacht da draußen mal genauer anzuschauen.«

Irmfriede schüttelte sich. »Da will ich gar nicht dran denken. Wie mir vorhin der Faden gerissen ist – uh! Mich schaudert's immer noch. Stell dir vor, das passiert später noch einmal! Vielleicht ist mit meinen Fäden was nicht in Ordnung. Vielleicht habe ich was Falsches gegessen!«

»Zu dumm«, murmelte Nelli und spielte mit dem Saum ihres Strickjackenärmels. »Zu dumm.«

»Komm, Nelli«, seufzte Trude. »Lass uns in unseren Wagen gehen, bevor noch etwas passiert.«

An Schlaf war nicht zu denken. Also lenkten sich Nelli und Trude mit etwas Literatur ab, so gut sie konnten. Trude las gerne Liebesromane. Sie hatte vierzehn zerfledderte Bücher, auf deren Umschlägen sich Frauen in wallenden Kleidern in den Armen von Männern mit nackiger Brust rekelten – oder Käferinnen in den Armen von schmucken Käferjünglingen. Oder, bei den sehr reißerischen Ausgaben, ein Nacktmullweibchen in den Armen eines Nacktmullherren mit Zylinder und Zigarre. Auch Nelli las sehr gerne. Unter der Klappbank, in der sie schlief, war kein Fingerbreit mehr Platz, so viele Bücher hatte sie darunter gestapelt. Im Moment war sie gerade bei *150 mathematische Algorithmen für die angewandte Kohlzucht* und bemerkte wehmütig, dass sie schon über die Hälfte durchgelesen hatte. Zwar hatte sie noch nie Kohl gezüchtet und hatte es auch nicht vor, aber Algorithmen machten sie glücklich. Nur nicht heute. Statt zu lesen, starrte sie auf die Seiten, bis sie vor ihren Augen verschwammen.

»Wenn ich mein Buch fertig habe, kannst du es gern auch mal lesen«, bot Trude ihr an.

»Nee, danke«, sagte Nelli.

»Es ist wirklich toll! Es wird dir gefallen!«

Nelli wusste genau, dass es ihr nicht gefallen würde, und das sagte sie auch.

»Warum bist du immer so negativ?«, fragte Trude vorwurfsvoll.

»Weil diese Nackenbeißer immer so vorhersehbar sind«, seufzte Nelli und kratzte sich gedankenvoll hinterm Ohr.

Trude hängte ihren Kopf aus der Hängematte und schaute zu ihr hinunter. »Überhaupt nicht!«

»Würd mich doch sehr wundern, wenn es in deinem Buch nicht um ein Waisenkind geht«, sagte Nelli.

»Das stimmt schon«, gab Trude zu, »aber der Rest ist sehr originell!«

»Das Waisenkind verliebt sich in jemanden, der aus einer höheren Gesellschaftsschicht kommt«, fuhr Nelli fort.

Trude schnaubte. »Stimmt auch, aber das hast du nur geraten! Schau, in diesem hier geht es um eine junge Spitzmaus, die als Gouvernante auf ein Schloss kommt und sich in den Sohn der Schlossherrin verliebt, aber sie können nicht heiraten, weil er aus dem Adel kommt und sie nur eine Gouvernante ist.«

»Und am Ende stellt sich raus, dass die tragische Heldin gar kein Waisenkind ist, sondern die Tochter eines Barons und seiner bürgerlichen heimlichen Liebe. Die beiden haben heimlich geheiratet, weil ihre Familien dagegen waren, und dann ist die Frau kurz nach der Geburt der Tochter gestorben«, leierte Nelli herunter, »und das Baby kam in ein Waisenhaus, und der Baron forscht seit zwanzig Jahren nach, wo sein Kind abgeblieben ist. *Verzweifelt* forscht er nach. Aber das frühere Kindermädchen läuft jetzt der Heldin über den Weg, erkennt das Baby von damals wieder und klärt alles auf. Sie hat die Heldin nämlich damals in einem Eierkarton verlegt.«

»Einem Eierkarton?!«

»Oder Werkzeugkiste. Ist doch wurscht. Und die böse Stiefschwester vom Geliebten, die die Beziehung hintertreiben wollte, stürzt sich von einer Klippe vor Hass, weil die Heldin jetzt reich und adelig ist, und alles ist gut. Bumm.«

Trude runzelte die Stirn. »Nelli! Wenn du mir jetzt schon das

Ende verraten hast, dann werde ich wirklich böse mit dir! Das hast du schon beim letzten Buch gemacht. Und bei dem Buch davor. Schlimm genug, dass du mir dauernd sagst, wie meine Bücher ausgehen – aber du liest sie ja nicht mal vorher! Das ist schon fast unanständig!«

»Nein, nein. *Dieser* Schmöker ist bestimmt ganz anders.« Nelli rollte mit den Augen.

»Und überhaupt machst du dich nur über mein Buch lustig, weil du selber wütend bist«, grummelte Trude.

Nelli seufzte. »Ja, stimmt. Entschuldige, dass ich dir das Ende schon verraten hab. Aber ich bin ein bisschen angespannt heute.«

»Das ist schon in Ordnung«, sagte Trude versöhnlich.

»Und deshalb geh ich jetzt und finde raus, was da draußen gespielt wird.« Nelli schloss ihr kostbares Kohlzucht-Buch mit einem Knall und stand auf.

»Wie?« Trude schaute hoch. »Du darfst doch nicht raus! Woimick hat gesagt, wir sollen alle im Wagen bleiben!«

»Woimick kann mich mal gernhaben, der kleine Wichtigtuer.« Nelli wickelte sich wieder in ihre Strickjacke. »Und du kannst mitkommen oder hierbleiben, wie's dir beliebt.«

»Nelli!!«

Es war still zwischen den Wagen. In allen Fenstern brannte Licht, aber niemand war zu sehen. Alle saßen drinnen und fürchteten sich. Selbst die Stimmen, die aus den Wagen zu hören waren, klangen gedämpft und verhuscht.

Nelli stand im Türrahmen und Trude schaute über ihre Schulter. Sie warf einen unglücklichen Seitenblick auf ihre Freundin. »Du nimmst das alles hier nicht ernst.«

»Doch, todernst. Todernst, das kannst du mir glauben.« Nelli starrte entschlossen vor sich hin.

»Aber du glaubst nicht, dass uns die Nirgendwohner entführt haben?«, wisperte Trude.

»Trudilein, an die Nirgendwohner glaubst ja nicht mal *du*«, schnaubte Nelli.

Trude schaute tief in ihr Herz. Nelli hatte recht. Aber was sollte sie sonst glauben? Alles andere war ja völlig unmöglich!

»Es könnte doch sein«, wandte sie halbherzig ein.

»Nirgendwohner, so ein Quatsch. Ich wette, diese Nirgendwohner haben sich diese Angsthasen selber ausgedacht!« Nelli verzog das Gesicht. »Nee, dahinter steckt etwas ganz anderes. Aber ich kann mir nicht vorstellen, was.«

Trude zuckte traurig die Achseln.

»Bevor wir uns den Kopf zerbrechen, müssen wir die wichtigste Frage klären«, überlegte Nelli laut vor sich hin. »Wo sind wir?«

Trude dachte darüber lange nach. Je mehr sie nachdachte, desto klarer wurde ihr die einzig vernünftige Antwort. »Hier«, sagte sie.

Nelli starrte sie an. »Manchmal weiß ich nicht, ob du eine dumme Nuss bist oder einfach zu schlau für mich. Aber na gut, das ist das Einzige, was wir sicher wissen. Also ist das der Dreh- und Angelpunkt für alles andere.«

Trude kratzte sich am Knie. »Wo sind eigentlich deine Cousinen? Ich habe sie noch gar nicht gesehen, seit wir vom Nirgendwo verschluckt wurden. Hat man die nicht für die Vorstellung geweckt?«

»Du hast ja recht«, rief Nelli, »die sind ganz vergessen worden! Die schlafen bestimmt noch. Wenn sie ratzen, dann ratzen sie, und nichts kriegt sie so schnell wach.« Nelli schwieg einen Moment lang und kaute mit ihren Nagezähnen auf ihrer Lippe herum.

»Du denkst dir wieder irgendwas aus.« Trude runzelte die Stirn. »Bestimmt ist es was, was ich nicht gut finde.«

»Richtig«, sprach Nelli. »Und ich will dich auch gar nicht zum Mitmachen überreden. Ich geh jetzt meine Cousinen wecken.« Und damit stapfte sie entschlossen die Stufen hinunter. Trude sah sie zu dem kleinen Wagen der drei hinüberschleichen. Nelli klopfte, aber es kam keine Antwort. Also riss Nelli die Tür auf und verschwand im Wagen.

Trude hörte Quieken, Fauchen und Rumpeln und dann ging die Tür wieder auf und Nelli kam hervor. Ihre Strickjacke war ein bisschen zerrissen und am Arm schleppte sie eins der Zwergschläfer-Mädchen hinter sich her. Die anderen beiden folgten zeternd und schlaftrunken.

»Pst«, herrschte Nelli sie an und schubste sie alle an Trude vorbei in den Wagen.

»Was soll'n das?«, quäkte Mariechen und fiel auf die Küchenbank.

»Das kriegst du zurück«, krähte Lotte.

»Uns wecken, so eine Frechheit«, legte Kläri nach.

»Ruhe jetzt! Die Lage ist ernst!«, zischte Nelli, und da waren sie alle still. »Passt auf: Um den Zeppelin ist alles schwarz, und wir wissen nicht, wo wir sind. Die anderen glauben, die Welt ist weg. Diese Holzköpfe.«

Lotte prustete los. »Die Welt ist weg? Hahaha!«

»Draußen ist alles schwarz. So schwarz, dass selbst ich den Himmel nicht von der Erde unterscheiden kann«, erklärte Nelli. »Man müsste mal rausgehen oder rausfliegen und sich umgucken. Aber das trauen sich die Feiglinge nicht, weil sie denken, dass das Nirgendwo sie sonst auffrisst. Wie den Rest der Welt.«

»Ist das ein Quatsch«, sagte Mariechen verächtlich.

»Eben. Und deswegen gehen wir jetzt raus«, bestimmte Nelli und warf einen verschwörerischen Blick in die Runde. »Wir können nicht fliegen, aber wir können klettern. Und wir können besser im Dunkeln sehen als jeder andere im Zirkus.«

»Ich wusste, dass mir die Idee nicht gefällt«, sagte Trude verdrossen. »Das ist viel zu gefährlich!«

»Pah! Wart's nur ab!« Kläri reckte kampfbereit eine Pfote.

»Nein, wirklich!«, rief Trude. »Das lasse ich nicht zu!«

»Und du, Trude, du wirst Schmiere stehen«, erklärte Nelli fröhlich. »Dafür drückst du dich draußen in eine Ecke, und wenn jemand kommt, der uns erwischen könnte, fällst du in Ohnmacht und lenkst ihn ab oder so was. Niemand darf mitkriegen, dass wir rausgehen. Weder Woimick noch sonst irgendjemand, klar?«

»Ja, Nelli«, seufzte Trude, denn was blieb ihr auch anderes übrig? Vier gegen eine?

Unbemerkt schlichen sie durch die Gondel. Das Herz schlug Trude bis zum Hals, als sie die Tür aus Glas und Schmiedeeisen leise aufdrückte und hinaus auf den Balkon auf der rechten Gondelseite trat. Geräuschlos folgten ihr Nelli und die drei Cousinen.

Nelli winkte Trude hinüber in eine Ecke. »Da sehen sie dich nicht so leicht. Sei wachsam!« Und damit tauchte sie kopfüber hinunter in die Dunkelheit. Mariechen, Kläri und Lotte folgten ihr. Ein puscheliger Schwanz nach dem anderen verschwand über das Geländer.

Trude drückte sich in ihre Ecke und schaute nervös hinaus

in die wattige Schwärze. Man konnte wirklich nichts sehen, gar nichts. Ihr kam ein unangenehmer Gedanke: Nelli hatte ihre Cousinen dabei, um ihr Rückendeckung zu geben. Aber wenn nun jemand Trude aufs Korn nahm? Dann war hier niemand, der ihr zu Hilfe kam! Wer wusste, was da draußen lauerte? Und wenn es auch keine Nirgendwohner waren, die ihnen etwas Böses wollten – vielleicht gab es irgendjemand ganz anderen, der nur darauf wartete, ein einsames Mädchen wie Trude zu überfallen. Oder vielleicht hatte schon irgendein wüstes Ungeheuer sie im Blick und wartete nur darauf, sie anzuspringen und zu fressen.

Trude zog ihren Kragen höher und schaute nervös durch die Scheibe nach drinnen und dann wieder hinaus in die Dunkelheit. So ein Glück, dachte sie. Nelli sagt ja immer, ich habe keine Fantasie. Hätte ich Fantasie, wäre es noch schlimmer!

4. Kapitel

Eine Kette, ein Verbrechen und der Abendstern

Es war nicht nur dunkel, es war auch höllisch neblig. Über Nelli wölbte sich die riesige Hülle des Flugschiffes, die sich nach allen Seiten im Nebel verlor. Links und rechts war je nur ein Stück der Gondel zu sehen, dann verschwamm auch diese im Nebel.

»Ich geh nach oben«, zwitscherte Mariechen.

»Ich geh um die Gondel rum«, bestimmte Kläri.

»Ich schau sie mir von unten an«, erklärte Lotte und war verschwunden.

»Dann gehe ich mit rauf«, sagte Nelli und hüpfte hinter Mariechen her. An der Hülle des Zeppelins gab es zwar keine Seile oder Leitern, aber für eine Haselmaus und drei Zwergsiebenschläfer war das kein großes Hindernis: Die Hülle war aus gummierten Stoffbahnen zusammengenäht, und die Nähte, die die Bahnen zusammenhielten, reichten ihnen völlig.

Nelli kletterte in Richtung Bug, Mariechen in Richtung Heck. Bald hatte Nelli ihre Cousine aus den Augen verloren. Sie stieg weiter nach oben, hinauf und hinauf und hinauf, gegen den Überhang. Immer noch lichtete sich der Nebel nicht. Dann hatte sie den oberen Teil der Hülle erreicht – hier war das Klettern leichter –, und schließlich stand sie oben auf dem Zeppelin. Man hätte wirklich glauben können, man wäre ganz allein im Nichts! Links und rechts und hinter und vor ihr das gummierte Leinen der Hülle und darüber und drum herum nur Schwärze.

Nelli spazierte langsam oben auf dem Zeppelin entlang – erst in Richtung Bug, bis der Boden unter ihren Füßen wieder abfiel. Von dort aus krabbelte sie vorwärts, eng an den Boden gedrückt, bis sie in Sichtweite der Spitze kam.

»Nichts Interessantes«, murmelte sie stirnrunzelnd und machte sich auf den Rückweg. Nichts zu sehen oder zu hören oder zu riechen, nur ein endloses Feld aus Zeppelinhülle. Wenn es ein Bild für Trostlosigkeit gab, dann war es wohl dieser Anblick.

Am Ende ihrer Wanderung in Richtung Heck sah sie einen grauen Schatten aus dem Nebel auftauchen. Es war Mariechen und sie winkte Nelli wie verrückt.

»Komm hier rüber«, zischte sie, und der Nebel verschluckte ihre Stimme fast.

»Hast du was gefunden?«, zischte Nelli zurück. »Sabotage, Geräte, irgendwas?«

»Nee, aber was anderes hab ich gefunden. Komm her!«

Nelli kam herübergehüpft, so schnell der Boden es erlaubte. Mariechen fasste sie an der Schulter und zeigte hinauf zum Himmel. »Da. Guck, beeil dich, gleich ist es wieder weg. Siehst du das? Guck nicht direkt drauf, guck daneben. Dann siehst du's besser!«

Nelli tat, wie ihr geheißen worden war – dass man Dinge in der Nacht besser sieht, wenn man daneben schaut, wusste sie –, und da sah sie einen ganz schwachen hellen Punkt in der endlosen Schwärze.

»Was ist das?«, fragte sie und traute sich nicht zu blinzeln, aus Angst, das Licht könnte wieder verschwinden.

»Was das ist? Was das ist?? Du Schwachkopf, das ist der Abendstern!«, krähte Mariechen sie an.

»Abendstern, Abendstern«, machte Nelli empört. »Woher soll ich das wissen, bin ich Astrophysiker?«

»Das weiß doch jedes Kind! Jedenfalls isses der Abendstern!«, quäkte Mariechen, und dann war der helle Punkt verschwunden.

»Jedenfalls«, echote Nelli, »sind wir nicht nirgendwo. Dass das Nirgendwo mit einem eigenen Abendstern geliefert wird, glaub ich nun wirklich nicht.«

»Aber die anderen glauben's, die Hornochsen«, freute sich Mariechen. »Die glauben ja alles!«

»Lass uns auf der anderen Seite absteigen«, meinte Nelli. »Vielleicht finden wir ja noch mehr interessante Sachen.«

Aber nichts war zu sehen, nur die endlose Gummihülle des Zeppelins.

Als sie wieder die Gondel erreicht hatten, hörten sie plötzlich unter sich ein aufgeregtes Zwitschern, und dann kam Lotte ihnen entgegengesprungen.

»Nelli«, zwitscherte sie, »komm mit!«

Nelli folgte ihr. Sie kletterten ein ganzes Stück an der Unterseite der Gondel entlang.

»Da, beim Heck!« Lotte krabbelte kopfüber voraus.

Und dann sah Nelli es auch. Sie schnappte überrascht nach Luft. Aus dem Bauch der Gondel führte eine dicke, alte Eisenkette nach unten und verschwand im Nebel.

»Hochinteressant«, sagte Nelli und pfiff durch ihre Nagezähne.

»Dafür, dass wir fliegen, hängen wir ganz schön«, sagte Lotte und schaute nachdenklich zu, wie die Kette sich spannte und wieder locker wurde. »Ich bin bis nach unten geklettert. War ein ziemlich langer Weg.«

Die Kette knirschte einmal leise und dann drehte sich das Luftschiff sachte nach links. Das konnte man nur sehen, wenn man die Kette im Auge behielt, denn einen anderen Orientierungspunkt gab es in der Dunkelheit nicht.

»Wir drehen uns um die eigene Achse«, murmelte Nelli. »Das erklärt natürlich, warum der Kompass von dem hysterischen Piloten verrücktgespielt hat. Wohin führt die Kette?«

»Sag ich dir später, lass uns erst wieder reingehen.« Lotte schubste Nelli an. »Es ist so kalt hier, dass ich gleich in Kältestarre verfalle!«

Trude stand bang an der Wand und linste übers Geländer. Nichts rührte sich in der Gondel und niemand sah Trude in ihrer Ecke. Etwas pikte sie schon die ganze Zeit in den Rücken, und irgendwann schaute sie nach, was das eigentlich war. Ihre Finger ertasteten eine metallene Halterung an der Wand, direkt unter dem Lautsprecher. Sie sah so aus, als würde etwas hineingehören. Darüber war ein kleines Schildchen angebracht. Was da wohl stand? Trude holte eine Streichholzschachtel aus der Tasche, riss ein Streichholz an und hielt es an das Schild. Aber sie brauchte zwei Streichhölzer, um es ganz zu entziffern.

Leuchtpistole, stand da. *Nur im Notfall benutzen. Weit von Zeppelin weg zielen, dann abfeuern und auf Hilfe warten!*

Trude ließ das Streichholz fallen. Na, großartig, dachte sie beklommen, selbst unsere Leuchtpistole fehlt.

Und außerdem begann sie sich Sorgen zu machen. Nelli und die anderen drei waren schon so lange weg!

»He«, zischte es da von unten. »Ist die Luft rein?«

»Ja«, hauchte Trude zurück.

»Gut!«

Nelli kam über die Brüstung gekrabbelt und ihre Cousinen folgten.

»Was habt ihr gefunden?«, flüsterte Trude.

Nelli grinste, dass es Trude angst und bange wurde. »Gehen wir erst mal rein.«

Und das taten sie. Trude musste ihnen zunächst einen neuen Pott Kaffee kochen, bevor die vier grinsenden Nager ihr erzählten, was sie auf ihrem Ausflug gesehen hatten.

»Die Kette«, sagte Nelli und linste bedeutungsvoll über ihren Kaffee hinweg, »hängt draußen.«

»Was für eine Kette?«, fragte Trude, und es kam ihr gemein vor, dass alle über ihren Kopf hinweg redeten.

»Die Ankerkette«, zwitscherte Mariechen. »Die Ankerkette ist draußen. Und sie hängt fest.«

»Wo hängt sie fest?«

»In einem Baum«, zischelte Kläri.

»Was für ein Baum?«, fragte Trude gespannt.

Kläri rollte mit den Augen. »Sind wir hier in der Schule, oder was? Eine Föhre. Oder eine Fichte. Was weiß ich. Jedenfalls isses ein Baum und wir hängen am höchsten Wipfel.«

»Aber«, stammelte Trude, »wenn da draußen ein Baum ist …«

»Wenn da ein Baum ist, dann sind wir nicht im Nirgendwo«, folgerte Nelli. »Jedenfalls hab ich noch nie davon gehört, dass es im Nirgendwo Bäume gibt.«

»Höchstens eine Nirgendweide«, kicherte Kläri.

Nelli fuhr fort: »Und über uns ist der Abendstern. Nee, nee, wir sind schon irgendwo. Wir können nur nicht sehen, wo genau.«

»Und warum scheint der Mond nicht?« Trude runzelte die Stirn. »Neumond?«

Nelli nickte. »Ja, klar. Und außerdem Nebel. Und wir sind über einer unbewohnten Gegend ohne Lichter, vergiss das nicht.«

»Düster wie in einem Huhn«, quäkte Mariechen. »So eine düstere Nacht hab ich selten erlebt.«

»Eine düstere Nacht und dicker Nebel«, sagte Lotte, »und dann Neumond!«

»Und dann lässt noch jemand leichtsinnigerweise die Kette hängen und wir bleiben in einem Baum stecken. Was für ein Pech«, seufzte Trude.

»Von wegen Pech«, schnaubte Nelli. »So eine Ankerkette entrollt sich nicht zufällig mal eben.«

»Du meinst, es war Fahrlässigkeit im Dienst?«, fragte Trude und wunderte sich zum siebzehnten Mal, was heute Nacht mit der Welt los war.

»Oh nein.« Nelli bleckte die Zähne. »Jemand hat uns mit Absicht an dieser dunklen Stelle festgesetzt. Hier handelt es sich um ein Verbrechen!«

»Ein Verbrechen!«, krähte Mariechen.

»Hängt sie auf!«, schrie Lotte und schleuderte eine Tasse nach Mariechen, aber die zog schnell den Kopf weg, und da traf die Tasse Kläri.

Nelli warf sich zwischen ihre Cousinen. »Ruhe jetzt, sonst fliegt ihr raus und kriegt auch keinen Kaffee mehr!« Kläri stürzte sich auf sie und brachte sie zu Fall.

»Messerstecher!«, quiekte Lotte. »Verhaftet die da! Und die da! Und die da auch!«

»Mich auch?«, rief Trude erschrocken.

Da schmiss Mariechen den Kessel nach Kläri und wie der Blitz war Nelli auf den Beinen und hatte Mariechen an die Wand gestellt. Mariechen quiekte.

»Raus jetzt!«, herrschte Nelli ihre Cousinen an. »Ihr überdrehten Vollpfosten! Raus! Kommt wieder, wenn ihr euch beruhigt habt! Und kein Wort zu irgendjemandem über die Ankerkette oder den Abendstern!«

»Das ist also der Dank«, krähte Mariechen.

»Ganz reizend«, quäkte Kläri. »So wird man hier abserviert.«

»Kommt, mit der reden wir kein Wort mehr«, schloss Lotte und schlang die Arme um die anderen beiden, und zusammen stolperten sie nach draußen.

Nelli ließ hinter ihnen den Riegel zufallen und plumpste gegen die Tür. »Puh.«

»Ich glaube, du hast sie gekränkt«, sagte Trude vorwurfsvoll.

»Die haben unsere Kücheneinrichtung rumgeworfen«, beschwerte sich Nelli. »Außerdem kann ich Aufregung nicht verknusen, wenn ich nachdenken muss. Hier handelt es sich nicht nur um eine mondlose Nacht und eine vergessene Ankerkette. Nein, da steckt mehr dahinter. Ein handfestes Verbrechen, da bin ich sicher!«

Trude runzelte die Stirn. »Was für ein Verbrechen?«

»Weiß ich nicht. Aber eins ist klar«, sagte Nelli und hob die Pfote, »der Täter ist jemand an Bord.«

»Einer von uns?«, murmelte Trude bestürzt.

»Du sagst es. Jeder ist verdächtig.«

»Auch ich?«, fragte Trude erschrocken.

Nelli musterte sie nachdenklich. »Nee, *du* nun gerade nicht«, sagte sie. »Fassen wir mal zusammen. Alle Nummern, die Illusionen sind, sind echt geworden. Unser Clown wird wirklich dumm. Unsere zersägte Jungfrau wird wirklich zersägt. Rembert hat wirklich einen Blumenstrauß im Mund, Pepi fängt an zu sprechen. Dafür kann unser Pantomime kein Wort mehr sagen und unser Schwertschlucker hat plötzlich ein scharfes Schwert.«

»Das weiß ich doch alles, Nelli.«

»Ich rechne es dir ja auch vor! Pass auf. Die Nummern, die schwerer aussehen, als sie sind, sind unsere und die von Irmfriede. Beide wären fast ins Auge gegangen. So weit das Muster. Aber eins fehlt noch. Eine Illusion steht nämlich noch aus.«

Trude überlegte. »Bröllhuber und das wilde Tier.«

»Richtig.«

»Du meinst, einer von den beiden wird sich wirklich in ein wildes Tier verwandeln?« Trude zog erschrocken die Augenbrauen zusammen. »Hier im Zeppelin, wo wir nirgendwohin fliehen können? Und dann ein wildes Tier an Bord?!«

»Keine Angst, Frösche haben keine Zähne.«

»Aber wenn es versucht, Woimick zu fressen? Der ist immerhin eine Fliege!«

Nelli schüttelte den Kopf. »Beruhig dich. Niemand wird sich in ein reißendes Ungeheuer verwandeln.«

»Wieso bist du dir da so sicher?« Trude war sich absolut nicht sicher.

Aber Nelli blieb ihr die Antwort schuldig und schwieg. Dann bat sie Trude: »Tust du mir einen Gefallen?«

»Was denn?«

»Find raus, wo die Ankerkette kontrolliert wird. Und wer Zugang hat.«

Trude runzelte die Stirn. »Na schön.«

»Das ist sehr lieb von dir«, sagte Nelli heiter.

Erst als Trude schon aus der Tür war, begann sie sich zu fragen, wieso sie allein gehen musste. Hieß es nicht, niemand sollte sich allein draußen bewegen? Und überhaupt, wieso kam Nelli nicht einfach mit? Nelli hatte schließlich Nachtsichtaugen, Trude nicht!

Aber dann seufzte Trude und dachte, dass sie jetzt nicht zurückrudern konnte. Sonst sähe sie wie ein Angsthase aus. Also schaute sie sich vorsichtig um – es war niemand zu sehen – und hängte die Laterne ab, die über der Tür ihres Wohnwagens hing.

»Immer auf die Kleinen«, murmelte sie und huschte zwischen den Wagen durch nach vorn, in Richtung der Pilotenkanzel. Aus einigen Fenstern drangen gedämpfte Stimmen, aber niemand beachtete Trude oder ihr kleines Licht.

An der Tür, die vor der Treppe zur Kanzel lag, hing ein Schild. Trude warf nur einen kurzen Blick darauf, dann hörte sie plötzlich Schritte. Es war keine Zeit mehr, um das Schild ganz zu lesen – sie öffnete schnell die Tür und wischte hindurch, bevor man sie sah.

Die Treppe lag vor ihr. Sie erinnerte sich, dass auf halbem Weg zur Pilotenkanzel ein Absatz gewesen war. Und nun, wo sie die Laterne dabeihatte, konnte sie auch sehen, dass rechts und links je eine Türe abzweigte. An der linken stand *Toilette*. Trude drückte probeweise die Klinke hinunter. Die Tür öffnete sich mit leisem Quietschen und Trude leuchtete hinein. Sie sah eine trostlose Zelle mit einer metallenen Kloschüssel und einem kleinen Waschbecken.

»Na schön«, murmelte sie. »Hier kann man wohl keine Ankerkette finden.« Dann las sie, was auf der rechten Tür stand.

Eintritt für Unbefugte strengstens verboten. Gefährliche Maschinenteile! Keine Haftung für Schäden an Leib und Leben!

Trude verging sofort die Lust, die Tür zu öffnen. Gefährliche Maschinenteile! Und man konnte kaum unbefugter sein als Trude, wenn es um gefährliche Maschinenteile ging. Aber dann dachte sie, dass es keinen anderen Weg gäbe, um die Ankerkette zu finden. Und außerdem konnten gefährliche Maschinenteile einem ja auch nichts tun, wenn man nur guckte und nichts anfasste, richtig?

Also drückte sie die Klinke. Dahinter lag ein Räumchen, kaum größer als die Toilettenzelle. Tatsächlich befand sich darin eine Menge kompliziert aussehendes Gerät: ein Kasten mit einem großen hölzernen Hebel dran, ein paar runde Scheiben, die wie Barometer aussahen, Zahnräder und eine Wasserwaage, die in die Wand eingelassen war. Daneben stand eine Kiste. Unter ihrem halb offenen Deckel konnte Trude Werkzeuge liegen sehen. Sie ging vorsichtig zwei Schritte vorwärts – weiter hinein ging es sowieso nicht – und schloss die Tür hinter sich.

Sie leuchtete herum. An der linken Wand hing ein handgeschriebener Zettel. Darauf stand: *Anker nur bei ausreichender Bodennähe werfen! Achtung, dass keine Personen darunterstehen! Falls Hebel verkantet, bitte ölen. Ölkännchen ist in Werkzeugkiste.*

Der große Hebel an dem Kasten gehörte also wirklich zur Ankerkette. Das war ja leicht gewesen! Aber während sie sich noch freute, fuhr sie zusammen – draußen näherten sich Schritte. Trude stand stocksteif und wagte nicht zu atmen. Aber dann quietschte die Tür gegenüber und es war wieder still.

Warum mache ich mir eigentlich Sorgen?, fragte sie sich. Wenn jetzt jemand reinkommt und mich erwischt, sage ich, ich hätte mich in der Tür geirrt und wollte aufs Klo. So einfach ist das. Und dann kam ihr der Gedanke: Vielleicht hat derjenige, der die Ankerkette ausgerollt hat, sich die gleiche Ausrede zurechtgelegt!

Draußen hörte sie das Rauschen der Klospülung. Die Tür quietschte, und jemand rief: »Da bin ich wieder!« Weitere Schritte auf der Treppe und dann oben an der Tür Stimmen.

Verschwindet endlich, dachte Trude, damit ich wieder hier rauskommen kann, ohne dass ihr mich seht! Aber da hatte sie Pech. Oben an der Tür fingen zwei Stimmen an, aufgeregt miteinander zu tuscheln. Und Trude hing mit einem Ohr an der Tür und trippelte ungeduldig mit den Füßen.

Was habe ich heute wieder für ein Glück, dachte sie.

Die Stimmen waren erst recht leise, dann wurden sie plötzlich lauter.

»Er ist weg. Einfach weg!« Das war Woimick, der da oben herumsurrte, da war Trude sicher.

»Oh weh uns allen«, wimmerte die andere Stimme, und das war garantiert Coccinellus.

»Hoffentlich ist er nicht vom Zeppelin gefallen. Das wäre ja eine schöne Bescherung«, zischte Woimick.

Trude erschrak und öffnete die Tür einen ganz kleinen Spalt. Vom Zeppelin gefallen? Wer?

»Den haben bestimmt die Nirgendwohner mitgenommen, wie soll er denn einfach runtergefallen sein?«, waberte die Stimme von Coccinellus zu ihr hinunter.

»Ich hatte ihn in der Westentasche«, entgegnete Woimick. »Das weiß ich ganz genau. Und eben schau ich nach und er ist nicht da! Bin ich denn verrückt geworden? Ich war so sicher, dass ich ihn eingesteckt hatte!«

Trude atmete leise aus. Es war also nur irgendein Gegenstand, der verschwunden war, und nicht etwa ein Artist.

»Heute ist eh alles wie verhext«, wandte Coccinellus weinerlich ein. »Ein böser Zauber. Und die Nirgendwohner. Und du machst dir Sorgen um diesen blöden Schlüssel!«

Woimick summte beleidigt davon und schimpfte irgendetwas über Coccinellus und seine Begriffsstutzigkeit.

Durch den Spalt in der Tür konnte Trude die beiden im Dunkeln verschwinden sehen: Coccinellus' runden Rückenpanzer und Woimick, der um ihn herumschwirrte. Dann wagte sie sich selbst hinaus und tastete sich die Treppe hoch. Nun sah sie wieder die Lichtstreifen aus den Fenstern der Wagen und tappte leise vorwärts bis zu ihrem Zuhause.

Nelli empfing sie bereits ungeduldig. »Und wo ist die Ankersteuerung?«

»Auf dem Treppenabsatz vor der Pilotenkanzel. Direkt gegenüber der Toilette.« Trude schnaufte und schloss die Tür hinter sich. Wie schön warm und hell es hier drinnen war!

»Offen zugänglich?«

Trude zuckte die Achseln. »Die Tür war offen. Und das Schloss war auch nicht aufgebrochen.«

Nelli zuckte mit den Ohren. »Es hatte also jeder dort Zugang.«

»Und eine gute Ausrede, wenn er erwischt wird«, erklärte Trude, »weil er sagen kann, er hat das Klo gesucht.«

»Hm. Damit ist weiterhin jeder verdächtig«, stellte Nelli fest. »Zu dumm.«

»Ich weiß immer noch nicht, was das alles hier soll. Ich bin so verwirrt!« Trude fühlte sich auf einmal hungrig und ging zum Regal. Dort stand noch eine Schüssel Senfsamen und die stellte sie auf den Tisch. »Wenn wir nicht wirklich im Nirgendwo sind, sind denn dann auch alle unsere Nummern …«, und sie legte die Stirn so sehr in Falten, dass es wehtat, »sind dann unsere Nummern auch nicht wirklich wahr geworden? Oder doch?«

Nelli schürzte die Schnauze. »Nein. Sind sie nicht.«

»Und wieso bist du da so sicher?«

Nelli setzte sich auf die Küchenbank und lehnte sich zurück. »Wegen der Bröllhubers. Vorher habe ich noch kurz gezweifelt, aber die Bröllhubers brechen das Muster auf. Das Muster ist folgendes: Alle unsere Nummern werden plötzlich wirklich so gefährlich oder verrückt, wie sie aussehen. Außer der Nummer der Bröllhubers, denn kein Bröllhuber hat sich wirklich in ein gefährliches Biest verwandelt, das mit Stuhl und Peitsche im Zaum gehalten werden muss. Folgst du mir so weit, Trude?«

»Ja, Nelli.«

»Du siehst: Die Bröllhubers sind der Beweis.« Nelli hob die Vorderpfote und streckte belehrend eine Kralle in die Luft. »Es muss eine natürliche Erklärung für alles geben.«

»Du meinst … du meinst, jemand hat unsere Nummern manipuliert, um uns Angst zu machen?« Trude riss die Augen weit auf. Das war eine wilde Vorstellung, selbst für Nellis Verhältnisse.

»Ganz genau.« Nelli nickte.

»Wie soll das denn gehen? Wie soll man mit einer Theatertrick-Kiste denn wirklich eine Jungfrau ansägen? Und wie ist Frangipanis Schwert auf einmal scharf geworden?«

Das brachte Nelli nicht aus der Ruhe. »Ein Schwert schärfen kann wohl jeder«, zählte sie auf, »und in der Zersägten-Jungfrau-Kiste steckt ein Blech, das Hilde davor schützt, mit der Säge in Berührung zu kommen. Das Blech kann man ganz einfach rausnehmen, das sieht Sägebrecht von außen gar nicht. Und schon steht nichts mehr zwischen Hilde und dem Sägeblatt.«

»Aber Remberts Blumen? Und Irmfriedes Spinnweben? Du weißt doch, dass Spinnweben praktisch unkaputtbar sind«, gab Trude zu bedenken. Erst jetzt merkte sie, dass die Schüssel mit Senfsamen immer noch unberührt auf dem Tisch stand und sie nichts im Mund hatte. Das holte sie nun schnell nach und erklärte dann mit vollen Backen: »Spinnweben reißen nicht, sie sind so gut wie unendlich dehnbar und man kann sie auch nicht zerschneiden. Zumal wir ja alle dabeigestanden haben.« Dann setzte sie nachdenklich hinzu: »Höchstens mit Säure kann man sie auflösen.«

»Eben. Und wenn nun Irmfriede Sodbrennen gehabt hätte?« Nelli hob die Zeigekralle und langte mit der anderen Pfote ebenfalls in die Schüssel. »Voriges Jahr hat sie beim Sommerfest so gründlich zugelangt, dass ihre Magensäure tagelang verrücktgespielt hat. Und da konnte sie keinen haltbaren Faden spinnen, weißt du noch?«

»Aber wenn Irmfriede Sodbrennen hätte, dann wüsste sie das doch selbst.« Trude schüttelte den Kopf.

Nelli verzog nachdenklich das Gesicht. »Hm.«

»Da siehst du's, Nelli! Es ist unmöglich, Irmfriedes Spinndrüse zu verkorksen. Und es ist auch unmöglich, Bertwin die Stimme wegzunehmen.«

»Nicht unmöglich«, erwiderte Nelli, »nur sehr schwer.«

»Und wie macht man das?«

»Weiß ich nicht.«

»Aha.«

»*Noch* nicht.« Nelli gab sich nicht geschlagen. »Jedenfalls hat es keinen Sinn, in Panik zu verfallen. Wir müssen herausfinden, was hier abläuft. Weil keiner von den anderen die Nerven dafür behält. Hm, hm.« Sie wiegte den Kopf hin und her.

»Und wieso hab ich so schlecht geworfen?« Trude stützte niedergeschlagen den Kopf in die Hand. »Es war wie ... wie verhext. Es war einfach alles falsch, von dem Moment an, wo es losging. Ich hab nichts anders gemacht als sonst, ich hab einfach nur ... so schlecht geworfen!« Bei dem Gedanken wurde ihr ganz elend.

»Hast du wirklich schlecht geworfen?«, fragte Nelli.

Trude fürchtete sich fast zu antworten. »Ich ... ich muss wohl schlecht geworfen haben.«

»*Hast* du schlecht geworfen?«, drängte Nelli.

»Ich weiß nicht.«

»Du wirst doch wohl wissen, ob du vergeigt hast oder nicht!«

»Weiß ich nicht!« Trude schlug die Hände vors Gesicht. Jeden Moment würde sie anfangen zu heulen, das wusste sie. »Ich hab geworfen wie immer, dachte ich, aber mir war so ... mir war so komisch, so als wäre irgendwas nicht so, wie es sein muss. Deswegen konnte ich nicht so werfen, wie ich sollte.«

Nelli riss die Augen auf. »Weißt du, genau so hat es sich bei mir auch angefühlt!«

»Ja?« Trude erfasste eine seltsame Erleichterung. Sie wusste nicht, warum, aber wenn Nelli das auch so sah – dann war es ja vielleicht gar nicht Trudes Schuld. Oder nicht ganz so sehr ihre Schuld, wie sie gedacht hatte. »Oh, Nelli, ich bin immer noch so durcheinander!«

»Sei nicht durcheinander.«

»Ja, Nelli. Irgendwas war komisch, nicht?«

»Jawohl. Und zwar ganz gewaltig komisch.« Nelli kniff die Augen zusammen und spannte sich wie eine Sprungfeder. Mit den Pfoten klammerte sie sich an der Tischplatte fest. »Aber ich war nicht komisch. Und du warst auch nicht komisch. Und die Messer waren auch nicht komisch. Dann bleibt nur eins.«

»Die Scheibe war komisch«, flüsterte Trude.

Nellis Augen glitzerten. »Genau. Komm mit. Und deck die Laterne ab.«

Trude hielt die Laterne, die mit einem Lappen umhüllt war, in der einen Hand, und mit der anderen hielt sie sich an Nellis Strickjacke fest. So schlichen sie zum Requisitenwagen und hofften, dass niemand sie sah. Fast pechschwarz war es, nur aus den Fensterritzen der Wohnwagen quollen Lichtstreifen. Gerade genug, um sich langsam fortzubewegen.

Es sei denn, man war Nelli! Trude folgte ihr, so schnell sie konnte. Aber nachtblind, wie sie war, stolperte sie über die erste Stufe des Requisitenwagens und wäre fast der Länge nach hingefallen. Nelli fing sie auf.

»Himmelnochmal, Trude! Willst du, dass wir erwischt werden?«

»Denkst du, ich falle mit Absicht hin?«, wimmerte Trude.

»Pst!« Nelli schob leise den Riegel hoch, öffnete die Tür und schob Trude hinein. Als die Tür wieder ins Schloss fiel, war kein bisschen Licht mehr zu sehen. Jetzt war es wirklich pechschwarz, und Trude dachte plötzlich daran, dass in der Dunkelheit alles Mögliche lauern konnte, hier, direkt neben ihr, und sie wüsste es nicht – bis das Licht wieder anginge.

Aber da zog Nelli schon den Lappen von der Laterne. Trude sackte ein bisschen zusammen. Hier im Lichtkegel lauerte jedenfalls nichts. Alles stand so, wie es vorhin eingeräumt worden war – die Podeste für das wilde Tier, die Masten für das Hochseil und die Trapeze, Sägebrechts Kiste (die, wie Trude schaudernd bemerkte, im Laternenlicht aussah wie ein Sarg) und all die Kisten mit Bällen, Papierblumen, Reifen und anderen Requisiten, gestapelt bis hoch über ihre Köpfe.

»Die Scheibe«, sagte Nelli und schnupperte. »Los geht's. Da drüben.«

Sie tappten durch die Dunkelheit. Nelli stellte die Laterne vor der Wurfscheibe ab. Sogar die vertraute Scheibe mit ihrer rotweißen Bemalung sah bleich und blutig aus, und Trude wünschte sich, sie hätte ihre Messer mitgenommen. Nur für den Fall der Fälle. Zwischen all den Kisten gab es so viele dunkle Ecken, in die man nicht hineinsehen konnte …

Nelli öffnete die Strickjacke. Darunter trug sie ihren Werkzeuggürtel. »Wollen wir doch mal sehen«, murmelte sie und begann, die Front der Drehscheibe genau zu untersuchen. »Nein, hier ist nichts verdächtig. Trude, halt mal fest! Ich montiere die Scheibe vom Ständer ab.«

Trude hielt die Ränder fest, wie sie sollte. Die Scheibe war so groß, dass sie beide Arme weit ausstrecken musste. Zu dumm, dachte sie, dass ich dieses große Holzding vor dem Gesicht habe und nichts sehen kann! Und den Kopf drehen konnte sie auch nicht. Jetzt war sie wirklich auf allen Seiten blind. Ängstlich lauschte Trude in die Dunkelheit. Nelli derweil schraubte vor sich hin.

»So, fertig, du kannst sie abstellen«, wisperte sie.

Trude lehnte die Scheibe gegen eine Kiste. Sie hatte noch nie daran herumgebastelt – wenn etwas kaputt war, reparierte das immer Nelli. Trude hatte immer gedacht, da wären einfach nur eine Achse und ein paar Schrauben, die den Standfuß zusammenhielten, aber da waren auch noch einige große weiche Sprungfedern und zwei Zahnräder, die sehr kompliziert aussahen.

Nelli hob die Laterne, leuchtete in das Federwerk hinein und inspizierte es mit einer Kralle. Und dann pfiff sie durch die Zähne. »Trude«, sagte sie langsam, »ich muss mich bei dir entschuldigen. Es war gar nicht deine Schuld.«

Trude atmete aus. Zum Singen und Tanzen war ihr zumute, aber sie musste ja leise sein. »So ein Glück«, hauchte sie.

»Ja, schau hier!« Nelli winkte sie heran. »Siehst du?«

Um die Achse wickelte sich eine lange Sprungfeder und zwischen zwei ihrer Windungen steckte eine große Reißzwecke. Nelli drehte mit der Pfote die Sprungfeder, so als säße die Scheibe drauf und würde sich drehen. Da blieb die Feder an der Reißzwecke hängen und sprang schließlich drüber hinweg, mit einem kleinen Hopser, als hätte sie Schluckauf.

»Sie hat sich wirklich komisch gedreht«, seufzte Trude glücklich.

»Ja. Irgendwer hat das Ding vor unserer Extravorstellung abgeschraubt, die Reißzwecke reingedrückt und gehofft, dass du Schaschlik aus mir machst.« Nelli ballte die Fäuste.

»Und was ist mit der Kiste? Sägebrechts Kiste? Die sollten wir uns auch anschauen«, schlug Trude eifrig vor.

»Brauchen wir gar nicht. Da hat einfach nur jemand das Schutzblech zwischen Hilde und der Säge ausgebaut«, winkte Nelli ab. »Der Trick ist leicht. Jetzt halt die Scheibe wieder an den Fuß, damit ich sie anschrauben kann.«

Trude tat wie geheißen, und währenddessen sagte sie gegen das Holz: »Und was ist mit Irmfriedes Spinnenseilen?«

»Das schauen wir uns als Nächstes an.« Nelli packte den Schraubenschlüssel wieder in den Werkzeuggürtel und band die

Strickjacke zu. Dann nahm sie die Laterne und wieselte hinüber zu den halbierten Masten, die über ihr aufragten. Von der Plattform über ihren Köpfen rieselte weißer Staub herunter. Nelli scharrte nachdenklich mit dem Fuß darin herum.

»Trude«, fragte sie über die Schulter, »haben wir Natron im Küchenschrank?«

»Ja, schon.«

»Ich hab einen Verdacht. Hol mir Natron und ein Glas Wasser.«

»Wie heißt das Zauberwörtchen?«, fragte Trude spitz.

»Bitte. Bitte, oh, großartige Trude, Königin der Männermäntel, hol mir Natron und ein Glas Wasser.«

»Na also, geht doch.« Trude nahm die Laterne und trollte sich.

5. Kapitel

Ein tollkühner Wurf

Als Trude weg war, lauschte Nelli in die Dunkelheit. Ihr war heiß unter ihrer Strickjacke, und ihre Ohren waren klamm, aber sie fühlte sich so gut wie schon lange nicht mehr. Vor einer Stunde noch waren sie verloren gewesen im Nirgendwo, hilflos in einer großen Schwärze. Und jetzt kam Licht in die Sache. Ein kleines Licht nach dem anderen. Da wartete ein großes Bild auf seine Enthüllung und Nelli wollte es Stückchen für Stückchen erhellen. So ein Spaß! So eine Herausforderung! Und vor allem: endlich nicht mehr hilflos herumsitzen und warten, dass die Nirgendwohner ihnen Streiche spielten!

Sie klemmte sich den Griff der Laterne zwischen die Zähne und begann, die Sprossen zur Plattform zu erklimmen.

»Nelli?«

»Ich bin hier oben!«

Nelli schwenkte die Laterne und Trude kam zum Licht und kletterte hinter ihr her. »Was willst du denn mit dem Natron?«

»Nur so eine Idee«, murmelte Nelli und fuhr mit der Pfote über den Boden der Plattform, der mit weißem Staub bedeckt war. »Da, was hältst du davon?«

»Aber hier ist immer alles voll mit Magnesiumpulver«, flüsterte Trude. »Deine Cousinen benutzen das doch auch für ihre Akrobatikübungen.«

Nelli hörte ihr gar nicht zu. Sie schüttete ein bisschen Natronpulver in ihre Pfote und verteilte es an der Kante, dort, wo Irmfriede immer begann, ihren Faden zu spannen.

»Woll'n wir doch mal sehen«, flüsterte sie und tröpfelte Wasser darauf.

Etwas passierte, und wie! Es zischte und fitzelte, wo die Wassertropfen sich mit dem Pulver vermischten.

»Warum macht es das?«, wisperte Trude erschrocken.

»Eine ganz einfache chemische Küchenreaktion«, erklärte Nelli und starrte auf die schäumenden Tropfen. »Du hast mich drauf gebracht, als du gesagt hast, dass Spinnweben durch nichts zerstört werden können außer durch Säure.«

»Und wo ist die Säure?«

»Hier. Jemand hat Zitronensäurepulver unter das Magnesium gemischt. Das tut nichts, solange es trocken ist. Aber wenn jemand einen Spinnfaden daran festklebt – der ja Wasser enthält –, wird die Säure flüssig, und der Spinnfaden wird aufgelöst. Nicht viel, nur so viel, dass er sich von der Plattform löst.«

»Und wofür das Natron?«

»Das liefert bloß den chemischen Nachweis. Natron reagiert in Wasser mit Zitronensäure und fitzelt.«

»Ich werd verrückt!« Trude schüttelte den Kopf. »Das ist ja schlau.«

»Oh ja«, grummelte Nelli. »Und mit den Nirgendwohnern hat das nichts zu tun.«

»Aber wer macht so etwas? Wer würde Irmfriede in Gefahr bringen? Oder dich?«

Nelli rieb sich die Vorderzähne. »Wer ist überhaupt auf so einen raffinierten Trick gekommen? Dummerweise hat jeder von uns Zitronensäurepulver zum Putzen im Wagen. Theoretisch hätte also jeder hier diesen faulen Zauber veranstalten können.«

Da fiel Trude etwas ein. »Einen Trick gibt es, den du nicht erklären kannst. Und zwar Pepi. Du hast selbst gesehen, dass er gesprochen hat. Ganz von allein!«

»Na und? Das tut er jede Vorstellung.«

»Aber doch nicht wirklich. Er wird ja nur von einem Bauchredner gesprochen. Du weißt doch, dass ein Bauchredner zum Bauchreden den Mund ein Stück offen haben muss. Und Coccinellus hatte den Mund fest zu.«

»Ganz einfach«, erwiderte Nelli. »Das war ein zweiter Bauchredner.«

Trude fiel die Kinnlade herunter. »Heiliger Strohsack! Das stimmt! Nelli, du hast ja recht, so könnte es gehen!« Dann überlegte sie. »Aber wir haben keinen zweiten Bauchredner in der Truppe. Wir haben nur Coccinellus.«

»Wir *wissen* nur von Coccinellus, dass er bauchreden kann.« Nelli hob die Zeigekralle. »Aber das heißt ja nichts. Wer weiß, was für Geheimnisse die ehrenwerten Mitglieder des Zirkus Woimick verstecken! Und bedenke mal: Wir haben in dem Moment alle nur auf die Puppe geguckt. Wer Pepi vorhin zum Sprechen gebracht hat, musste nicht einmal besonders gut sein. Und was für ein Trick, nicht? Es war wirklich zum Gruseln!«

»Wir müssen den Zirkus warnen«, flüsterte Trude aufgeregt. »Die anderen müssen doch wissen, dass einer von uns sie an der Nase herumführt!«

»Nix machen wir«, entgegnete Nelli. »Wir müssen erst rausfinden, wozu das Ganze dient. Im Moment wird nichts Schlimmes mehr passieren. Alle sitzen warm und sicher in ihren Wagen. Also warten wir ab.«

»Und worauf warten wir?«

»Werden wir sehen. Aber wenn der Schuldige merkt, dass wir ihm auf der Spur sind, sind wir in Gefahr«, zischte Nelli eindringlich. »Du darfst niemandem was sagen, versprichst du mir das, Trude? Versprich es!«

Trude seufzte. »Ja, Nelli.«

»Gut. Die anderen brauchen gar nicht zu wissen, wo wir und der Zeppelin wirklich sind und was mit den Nummern los war. Die sitzen in ihren Wagen und da wird ihnen schon nichts passieren. Wie gesagt: So ein Zeppelin fliegt gemütlich herum und stürzt nicht ab. Also gibt's keinen Grund, warum wir eingreifen sollten.« Nelli grinste. »Wir lassen die Nirgendwohner ihren Spaß haben. Und schlagen dann zu, wenn wir wissen, wer dahintersteckt!«

»Ja, Nelli«, sagte Trude, denn was blieb ihr anderes übrig?

In ihrem Wagen gab es eine große Schiefertafel über der Küchenbank, wo Trude und Nelli immer aufschrieben, was sie beim nächsten Einkauf besorgen mussten. Nelli kletterte auf die Küchenbank und wischte mit dem Ärmel die Einkaufsliste weg. Trude und die drei Zwergschläfer-Cousinen (die es sich nie länger als fünf Minuten merken konnten, wenn sie auf jemanden böse waren) saßen daneben und tranken Kaffee.

»Wer ist verdächtig?«, fragte Nelli in die Runde.

»Die da!«, krähte Kläri und zeigte auf Mariechen.

»Selber!«, quiekte Mariechen.

»Jeder ist verdächtig«, antwortete Trude brav, »außer uns fünf, denn sonst würden wir hier nicht sitzen.«

Nelli nickte und schrieb *Wir* auf die rechte Tafelseite unter *Nicht verdächtig*. »Gut. Wer scheidet noch aus?«

Trude legte die Stirn in Dackelfalten.

»Die Bröllhubers«, gab sich Nelli selbst die Antwort und schrieb den Namen *Bröllhuber* rechts auf die Tafel. »Wenn die Bröllhubers uns diese Alle-Illusionen-werden-wahr-Geschichte verkaufen wollten, würde einer von ihnen so tun, als hätte er sich in das wilde Tier verwandelt. Tut aber keiner.«

»Und Hilde«, sagte Trude, »denn sie hätte bei ihrer Nummer sehr schlimm verletzt werden können. Sie wäre ja schön dumm, wenn sie sich so in Gefahr brächte.«

»Sägebrecht ist verdächtig«, erklärte Nelli. »Wenn er nämlich gemein und skrupellos genug ist, dann hätte er ja ganz einfach die Sägekiste manipulieren können. Ohne sich darum zu kümmern, was aus Hilde wird.«

»Aber Sägebrecht liebt Hilde viel zu sehr, um sie in Gefahr zu bringen!«, entgegnete Trude empört. »Und außerdem kann er kein Blut sehen.«

Nelli wiegte den Kopf. »Na schön. Hilde und Sägebrecht scheiden wahrscheinlich beide aus.« Und sie schrieb die zwei Namen auf die rechte Seite der Tafel.

»Was ist mit Woimick, dem alten Spielverderber?«, warf Lotte ein. »Der kennt den Zirkus in- und auswendig und weiß genau, wie alle Nummern funktionieren.«

Nelli schrieb *Woimick* auf die linke Tafelseite. »Woimick müssen wir im Auge behalten.«

»Haha, wenn der Illusionen wahr machen könnte, dann würde er als Erstes seinen Wunschtraum wahr machen, dass er hier der Chef ist«, sagte Lotte und lachte dreckig.

»Bertwin«, fuhr Trude fort, »ist sehr verdächtig. Vielleicht ist er ja gar nicht durch einen Trick zum Schweigen gebracht worden, sondern ist freiwillig verstummt!«

»Gut mitgedacht«, lobte Nelli.

»Irmfriede!«, rief Kläri viel zu laut.

»Pscht!«, machte Nelli.

Kläri schaute sich um und wiederholte dann leise: »Irmfriede. Die ist auch verdächtig. Sie ist zwar gefallen, aber nicht tief.«

»Und Frangipani«, setzte Nelli hinzu und kritzelte. »Der wusste, dass seine Nummer zuletzt drankommt. Dadurch würde er nicht in die Verlegenheit geraten, eine scharfe Klinge zu schlucken.«

»Und Rembert«, sagte Trude eifrig. »Vielleicht hat er sich selbst die Blumen in den Hals gesteckt.«

»Korrigiere.« Nelli drehte sich um und grinste. »Ganz *sicher* hat er sich selbst die Blumen in den Hals gesteckt. Jemand anders kann es gar nicht gewesen sein, sonst hätte Rembert es gemerkt.« Und dann schrieb sie *Rembert* nach links und machte zwei Ausrufezeichen hinter seinen Namen.

»Und Beppo tut vielleicht nur so, als ob er wirklich zum dummen August geworden ist.« Lotte kratzte sich hinterm Ohr.

»Und Lukas ist verdächtig!«, rief Kläri schon wieder viel zu laut, und Nelli schrieb die beiden Namen nach links.

»Und Coccinellus ist vielleicht auch dabei«, warf Mariechen ein. »Der alte Jammerlappen!«

»Madam Mystia ist höchst verdächtig«, sagte Trude nachdenklich. »Alle ihre Vorhersagen sind eingetreten – und das kann ja vielleicht daher kommen, dass sie vorher genau wusste, in welcher Reihenfolge die Nummern schiefgehen werden.«

»Aha!«, rief Kläri. »Das heißt, sie muss der Täter sein. Nicht Rembert.«

»Und warum nicht beide?«, fragte Lotte altklug.

»Und warum überhaupt, das möchte ich wissen?«, fragte Mariechen noch altklüger. »Wieso will uns jemand Angst machen?«

»Tja.« Nelli nickte. »Das ist die Frage.« Und sie schrieb *Motiv??* in die Mitte der Tafel.

»Was ist mit dem Piloten?«, fragte Trude. »Er hat sich immerhin geweigert, weiterzufliegen!«

Nelli schüttelte den Kopf. »Möglich. Glaube ich aber nicht. Er kennt den Zirkus nicht und er kennt Rembert und Mystia nicht. In stockdunkler Nacht ohne Orientierung würde wahrscheinlich kein Pilot einfach so drauflosfliegen.«

✧ **Verdächtig** ✧	✧ **Nicht verdächtig** ✧
Woimick	*Wir*
Bertwin	*Bröllhuber, er und sie*
Irmfriede	*Hilde und Sägebrecht*
Frangipani	Pilot
Rembert!!	
Beppo	
Lukas	
Coccinellus	
Mystia!!	

Motiv??

»Das sind eine Menge Verdächtige«, seufzte Trude. »Wo sollen wir da bloß anfangen?«

»Alle! Alle zusammen!«, krähte Mariechen.

»Wir nehmen sie aufs Korn!«, erklärte Lotte.

»Ist es wirklich so gut, wenn ihr drei … ich meine, ihr seid ziemlich laut und, äh, impulsiv …«, wagte Trude einzuwerfen.

»Was?«, rief Lotte.

»Was soll das denn heißen?!«, quiekte Kläri und rückte Trude sehr auf die Pelle.

Trude schaute Hilfe suchend zu Nelli hin.

»Aber, aber«, mischte Nelli sich ein, »ihr drei müsst doch die Verdächtigen beschatten. Das ist extrem wichtig!«

»Da siehst du«, schnaubte Mariechen. »Wir sind extrem wichtig!«

»Na klar«, bestätigte Nelli. »Ihr habt sogar die allerwichtigste Aufgabe. Wir machen die langweiligen Sachen und ihr dürft beschatten. Und weil ihr Nachtaugen habt, braucht ihr dafür gar nicht aus dem Wagen gehen. Ihr beschattet einfach vom Fenster aus. Da sieht man euch auch nicht.«

»Oh ja«, rief Kläri mit stolzgeschwellter Brust.

»Und wir sitzen derweil nur herum und denken nach«, erklärte Nelli.

»Au ja!«, rief Lotte. »Gehen wir!«

Und gleich darauf schlug die Tür hinter den dreien ins Schloss.

»So.« Nelli rieb sich die Pfoten. »Und jetzt zum ernsthaften Teil. Wo ist unser bester Ansatzpunkt?«

Trude kaute auf ihrer Lippe herum. »Was ist mit Bertwin? Ich kann mir nicht vorstellen, dass er jemandem etwas tun würde. Er ist so ein … so ein Weichei.«

»Hm. Das ist gar nicht so dumm.« Nellis Schnurrhaare

wackelten nach links und dann nach rechts. »Wenn Bertwin tatsächlich an der Sache beteiligt ist – und das ist ja höchstwahrscheinlich der Fall –, dann wird er garantiert schneller die Nerven verlieren als Mystia oder Rembert.«

»Du meinst, wir sollten ihn aushorchen?«, fragte Trude zweifelnd.

»Aushorchen, nein. In die Mangel nehmen sollten wir ihn!«

»Aber wir dürfen doch nicht verraten, dass wir den hinterhältigen Plan durchschaut haben«, hielt Trude dagegen. »Damit wir nicht ins Visier geraten. Hast du gesagt.«

Nelli wiegte den Kopf hin und her. »Auch richtig. Aber ich sage dir noch was, Trude: Entweder Bertwin ist einer der Täter oder er ist es nicht. Wenn wir ihn in die Mangel nehmen und er ist unschuldig, dann verwirren wir ihn, aber es passiert nichts Böses. Dann kann er eh nicht sprechen, also wird er so oder so niemandem etwas verraten. Aber wenn er an dem Betrug beteiligt ist, dann ist er der Täter, der als Erster aufgibt und uns alles erzählt. Wir könnten also auf einen Schlag die ganze Verschwörung auflösen, wenn wir bei Bertwin ansetzen.«

»Trotzdem klingt es gefährlich«, hielt Trude weiter unbehaglich dagegen.

Nelli dachte nach und starrte in die rechte Ecke über ihrem Kopf. »Pass auf, wir beobachten ihn ein bisschen. Schleichen uns an und schauen in sein Fenster, oder so was. Vielleicht finden wir ja einen handfesten Hinweis, ob unser Bertwin unschuldig ist oder nicht. Wenn er beim Spülen vor sich hin summt, wissen wir, dass er nur markiert. Also komm, gehen wir.«

Gefolgt von Trude, schlich Nelli hinaus und drückte sich an die dunkelste Seite ihres Wagens. Und fast wäre sie vor Schreck über ihre eigenen Pfoten gefallen, denn da draußen stand tatsächlich Bertwin, neben seinem Wagen. Aber er sah sie nicht.

Schnell streckte Nelli eine Pfote aus und hielt Trude am Fleck fest. Trude wollte aber gar nicht vorpreschen, denn was Bertwin da tat, war sehr interessant. Er stand nämlich im Schein der dünnen Lichtstreifen, die vom Fenster kamen, mit hängendem Kopf und hängenden Armen.

»Was hat er denn da in der Hand?«, flüsterte Trude.

Nelli kniff die Augen zusammen. »Einen Blumenstrauß. Tatsächlich, einen Blumenstrauß! Keine läppischen Papierblumen, richtige Blumen. Das ändert alles.« Sie wusste zwar noch nicht, wie und warum, aber das bedeutete etwas. Ihre Ohrenspitzen prickelten und auf das Ohrenprickeln konnte sie sich immer verlassen. Was für einen Grund mochte Bertwin wohl haben, jetzt und hier Blumen herumzutragen?

Trude lehnte sich vor. »Was macht er denn mit dem Grünzeug?«

»Das finde ich raus. Du bleibst hier.« Nelli klopfte Trude auf die Schulter und huschte lautlos um die Ecke. Trude steckte noch eine Bemerkung im Hals, aber Nelli war schnell genug, um ihr zu entkommen.

Bertwin schlich um seinen Wagen herum, zur Rückseite, wo der Mülleimer an der Wagenwand festgenietet war. Mit einem unhörbaren Seufzer hob er die Schultern und ließ sie wieder fallen und dann hob er den Deckel vom Mülleimer.

Doch da war Nelli schon neben ihm.

»Oh, Blumen«, zischelte sie und grapschte Bertwins Hand, in der er den Strauß hielt. »Das wär doch nicht nötig gewesen!«

Bertwin, zu Tode erschrocken, schnappte nach Luft und versuchte sich loszureißen. Aber Nelli hielt ihn mit eisernem Griff fest.

»Oder sind die gar nicht für mich, hä? Für welche Glückliche sind sie denn sonst?«

Bertwin, kreidebleich, presste die Lippen aufeinander und schüttelte den Kopf.

»Und wie geht's deiner Stimme?«, bohrte Nelli weiter.

Bertwin drückte sich mit dem Rücken gegen seinen Wagen. Seine Augen suchten links und rechts nach einer Fluchtmöglichkeit, aber Nelli ließ ihm keine.

»Hast du die Blümchen vor dem Abflug gekauft? Die waren bestimmt nicht billig, was? Und dann schmeißt du sie weg?«

Bertwin versuchte, Nelli aus dem Weg zu schubsen, aber die stand wie eine Litfaßsäule.

»Jetzt hör mal zu, du Schauspieler«, zischte Nelli ihn an und bleckte ihre Nagezähne. »Du kannst den Rest der Truppe veralbern, aber nicht mich. Zitronensäure und Reißzwecken, pah. So versetzt man einen Haufen abergläubische Zirkusartisten in Panik. Aber wofür der ganze Blödsinn, will ich wissen? Also mach jetzt den Mund auf. Oder ich erzähle allen, was hier gespielt wird!« Dann dachte sie einen Moment nach. »Na ja, ich erzähle sowieso früher oder später allen, was hier gespielt wird. Aber noch kannst du selbst gestehen und die ganze Sache auflösen. Wenn die anderen nämlich von mir erfahren, wie du sie an der Nase herumgeführt hast, wird es hier ganz schön ungemütlich für dich!«

Bertwins Brust hob und senkte sich. Er japste nach Luft, aber er sagte nichts.

Nelli rückte ihm so nah auf die Pelle, dass ihre Nagezähne direkt vor seinem Kinn waren. »Rembert, der alte Schmalzdackel, hat sich seine eigenen Papierblumen in den Hals gesteckt. Huh, igitt. So was macht man nur, wenn man einen Plan hat. Hinter was seid ihr her, Rembert und Mystia und du?«

Bertwins Kinn begann zu zittern, dann schluchzte er lautlos.

»Und Hilde? War das so geplant, dass sie verletzt wird? Sie hätte tot sein können! Von mir ganz zu schweigen!«

Bertwin schnappte nach Luft wie ein Fisch auf dem Trockenen.

»Das Spiel ist aus«, sagte Nelli streng. »Erzähl mir alles. Was ist euer Plan und was haben die Blumen damit zu tun?«

Bertwin holte tief Luft. Jetzt hab ich ihn so weit, dachte Nelli, und ihre Zehenspitzen kribbelten. Der Damm war kurz vorm Durchbrechen, die Flut war unterwegs.

Da plötzlich stellte sich ihr Nackenfell auf. Wie ein kalter Windhauch fiel ein schwarzer Schatten über sie und die Wand des Wagens. Bertwin zuckte zusammen und starrte mit weit geöffneten Augen über Nellis Schulter. Nelli versuchte sich umzudrehen, aber es ging alles so schnell – sie konnte nichts erkennen, außer der formlosen Gestalt hinter ihr und dem drohend erhobenen Holzbalken. Sie konnte nicht einmal ein Geräusch machen. Wie ein nasser Wäschesack ließ sie sich fallen, aber ausweichen konnte sie nicht mehr, schon hörte sie den Luftzug von dem niedersausenden Holz – und dann ein wohlbekanntes »Zack!« neben ihrem Ohr.

Eins von Trudes Messern. Das süßeste, vertrauteste Geräusch der Welt!

Das Messer steckte in der Wagenwand, genau dort, wo eben noch der Schatten gewesen war. Nelli schnappte es, zog es heraus und hielt es drohend vor sich. Aber da war kein Schatten mehr.

»Das erste war die Warnung!«, schrie Trude. »Das zweite Messer trifft!«

Bertwin nutzte die Gunst der Stunde, schubste Nelli weg und rannte in seinen Wagen. Nelli fiel gegen die Wand und hörte noch, wie drinnen der Schlüssel im Schloss klickte. Drei Mal.

Sie holte tief Luft und spähte herum, aber der Schatten war verschwunden. Ebenso geräuschlos, wie er gekommen war. Dafür kam Trude umso lauter angepoltert.

»Hat er dich getroffen?«

»Wer war das?! Hast du ihn gesehen?« Es gab jetzt Wichtigeres als Rührseligkeiten.

»Nein, ich hab nur den Schatten gesehen, an der Wand hier«, japste Trude. »Und dass er mit diesem Knüppel auf dich gezielt hat.«

»Wie groß, wie breit? Vierbeiner, Zweibeiner?!«

»Ich hab wirklich nur einen Schatten gesehen, Nelli! Der sah ziemlich groß aus, aber vielleicht war das auch nur, weil der Kerl weit weg von der Wand stand. Ich weiß es nicht.«

Nelli stand auf. Ihre Knie waren noch etwas wackelig. »Trude, ich nehm alles zurück. Du darfst gern wieder Messer auf mich werfen. Wann immer du willst. Vom Frühstück bis zum Abendessen.«

Trude seufzte glücklich.

»Aber wir haben ein Problem«, sagte Nelli. »Wer auch immer unser Übeltäter ist – er weiß jetzt, dass du und ich ihm auf die Schliche gekommen sind. Und wir wissen immer noch nicht, wer er ist. Ach ja: Und er hat offensichtlich keine Skrupel, uns zu beseitigen.«

Da kam Woimick angesaust. Hinter ihm folgten die Bröllhubers. Und sogar Irmfriede öffnete ihr Fenster und schaute heraus.

»Wer hat geschrien?«, herrschte Woimick sie an. »Was ist passiert?«

»Gar nichts«, sagte Nelli und versuchte, glaubhaft zu wirken. Sie guckte seitwärts auf Trude, um zu sehen, was die tat.

Trude log, dass es eine Freude war. »Ich hab geniest«, sagte sie fröhlich. »Es ist so kalt und ungemütlich hier, da hab ich laut geniest.«

»Und ich hab ihr laut Gesundheit gewünscht«, setzte Nelli schnell hinzu.

Woimick guckte von der einen zur anderen und sein linkes Auge zuckte. »Ihr zwei Flitzpiepen«, raunzte er sie an. »Die Lage ist ernst!«

»Darf ich deswegen nicht mehr niesen?«, fragte Trude und schaute so dumm, wie nur Trude schauen konnte.

Woimick hatte genug. »Geht in euren Wagen und hört auf, hier draußen rumzualbern! Ihr habt uns einen riesigen Schrecken eingejagt!«

Die Bröllhubers quakten mit leiser Zustimmung vor sich hin.

Irmfriede runzelte die Stirn und lehnte sich etwas weiter aus dem Fenster. »Nelli, wieso hast du denn ein Messer in der Hand?«

»Das hat sie für mich gehalten, weil ich niesen musste«, sagte Trude schnell.

Nelli nickte bewundernd. Trude hatte wohl gerade einen genialen Tag.

Woimick ächzte. »Verzieht euch, ihr zwei Spinner!«

Trude hakte sich bei Nelli ein. »Gute Nacht noch allerseits!«

Und weil Trude sie so energisch zum Wagen zog, merkte keiner, dass Nellis Knie immer noch zitterten.

»Ist Bertwin noch verdächtig, das ist die Frage.« Nelli rieb sich die Pfoten.

»Wir können es nicht ausschließen«, sagte Trude und rieb sich den Hinterkopf.

»Er hängt mit drin, das ist ganz klar.« Nelli nagte auf ihrer Unterlippe. »Aber er ist das schwächste Glied in der Kette. Er hätte mithelfen können, mich zu beseitigen. Hat er aber nicht. Ganz im Gegenteil, der hatte noch mehr Angst als ich! Aber er bleibt verdächtig, denn eine wichtige Frage steht noch im Raum.«

»Und die wäre?« Trude rutschte nach vorne auf den Rand der Küchenbank.

»Was haben die Blumen zu bedeuten?« Nelli legte die Stirn in Falten. »Handelt es sich vielleicht um eine Tarnung? Um irgendetwas in den Zeppelin zu schmuggeln? Oder sind es giftige Blumen, mit denen er jemanden beseitigen wollte?«

»Nelli«, sagte Trude überwältigt, »ich glaube, das sind einfach nur Blumen.«

»Einfach nur Blumen«, wiederholte Nelli verächtlich. »Und was soll er damit?«

»Na, was man halt mit Blumen macht«, erklärte Trude geduldig. »Verschenken.«

»Wieso soll *unser* Bertwin Blumen verschenken?«

Trude gluckste. »Weil Bertwin verliebt ist, deswegen.«

Verdutzt blinzelte Nelli über den Kragen ihrer Strickjacke. »Was? Wieso das denn?«

»Da gibt es kein Wieso, Nelli, solche Sachen passieren einfach.«

»Und woher weißt du das, bitte schön?«

Trude rollte mit den Augen. »Erstens, er ist seit ein paar Wochen ständig glatt rasiert. Zweitens hat er alle losen Knöpfe an seinen Kleidern fest angenäht. Und drittens, er leiht mir seinen Mantel nicht mehr. Weil er nämlich so gefesselt ist von einer Frau, dass er alle anderen gar nicht mehr wahrnimmt.«

Nelli kratzte sich hinterm Ohr. Das war ihr alles sehr rätselhaft. Aber es lohnte sich meistens, Trude in solchen Sachen zu glauben. »Und … wer ist die Glückliche?«

Trude gluckste wieder. »Wenn du mich fragst: unsere Madam Mystia.«

»Was, die beiden?«, fragte Nelli angewidert.

»Nee, nicht die beiden. Er mag sie, sie mag ihn nicht.«

»Woher *weißt* du das alles?«, staunte Nelli.

»So etwas spürt eine Frau«, sagte Trude würdevoll.

Nelli schnaubte. »Von wegen. Wahrscheinlich ist dein Gemüt bloß überhitzt von all den Liebesromanen, die du inhaliert hast.«

»Eben nicht!« Trude stampfte mit dem Fuß auf. »Er ist ganz verschossen in sie, und bloß weil du so ein Klotz bist und das nicht merkst, ist es noch lange keine Einbildung von mir!«

»Na, sagen wir mal, es stimmt«, lenkte Nelli ein. »Dann … dann hat er deshalb die Blumen weggeworfen. Weil Mystia sie verschmäht hat.«

»Genau!«

»Aber das macht keinen Sinn. Bertwin ist allem Anschein nach unschuldig, aber er spricht trotzdem nicht. Irgendetwas ist mit ihm passiert.« Nelli stützte den Kopf in die Pfote. »Wie bringt man Bertwin zum Schweigen? Vielleicht ein exotisches Gift, das die Stimmbänder lähmt? Oder ein Zauberspruch? Eine verhexte Pille?«

»Oder vielleicht haben sie ihm einfach gesagt: Halt die Klappe, sonst hauen wir dir eine Milchkanne auf den Schädel«, kicherte Trude.

Da schlug sich Nelli an die Stirn. »Ich Trottel! Ich hohle Nuss! Du hast ja völlig recht! Das ist so einfach, dass ich überhaupt nicht daran gedacht hab. Bertwin wird erpresst! Das erklärt auch, warum er so verängstigt war.« Und dann nahm sie die Kreide und strich Bertwins Namen auf der Liste der Verdächtigen durch.

»Jetzt sind noch Woimick, Irmfriede, Frangipani, Beppo, Lukas und Coccinellus übrig«, murmelte Trude, »von denen wir nicht wissen, ob sie mitschuldig sind.«

»Und wir brauchen ein Verbrechergenie, das die Ideen geliefert hat«, sagte Nelli und betrachtete die Liste kopfschüttelnd. »Rembert, dem alten Sitzenbleiber, dem traue ich das nicht zu. Er hat zwar genug Erfahrung darin, Leute an der Nase herumzuführen – das ist ja sein Beruf – aber nicht genug Biss. Zu wenig praktische Veranlagung. Und Mystia, na ja, die ist vielleicht raffiniert, aber nicht *schlau*. Nein, wir brauchen jemand anderes. Vielleicht ... ein bisschen abgebrühter. Erfahrener. Älter.«

»Coccinellus ist bestimmt auch kein Genie«, grübelte Trude. »Der ist überhaupt nicht abgebrüht. Der merkt es nicht mal, wenn das Publikum nicht über seine Witze lacht.« Gegen den bin ja *ich* ein Genie, fügte sie im Stillen hinzu.

»Irmfriede, hm.« Nelli strich sich über die Schnurrhaare. »Die ist schlau, verdammt schlau. Aber ... ach, ich kann es mir einfach nicht vorstellen. Und Frangipani, ja, der könnte es sein. »Frangipani ist auch nicht viel klüger als Coccinellus.« Trude kratzte sich am Kopf und kam sich etwas schäbig vor. Normalerweise redete sie nicht so über Frangipani, der eine sehr nette Schlange war. »Außerdem hat er keine Hände. Der müsste ja alle Arbeiten Mystia und Rembert überlassen und könnte nur planend im Sessel sitzen! Was ist denn mit Woimick, Nelli, was meinst du?«

»Hm. Woimick.« Nelli runzelte ihre pelzige Stirn. »Der kennt den Zirkus gut genug. Er kennt auch uns alle gut genug, und er kennt jedes Stück im Requisitenlager im Detail. Und schließlich hat er den Zeppelinflug in die Wege geleitet. Eine Anführernatur ist er auch. Oder wäre er zumindest gern«, fügte sie grinsend hinzu.

»Dann ist er unser bester Kandidat«, stellte Trude aufgeregt fest.

»Nicht unbedingt«, hielt Nelli dagegen und hob die Brauen. »Wer sagt denn, dass es nur ein Verbrechergenie gibt? Lukas und Beppo haben auch das richtige Alter. Beide sind alles andere als dumm. Und außerdem sind sie dicke Freunde. Vielleicht haben sie den Plan sogar zusammen ausgeheckt.«

Trude ließ ratlos den Kopf auf die Tischplatte fallen. »Und was machen wir jetzt?«

»Es gibt nur einen von den fünfen, an den wir leicht rankommen«, erklärte Nelli. »Und das ist Beppo. Der liegt allein in seiner Koje und schläft, seit Lukas ihn ins Bett gebracht hat.«

»Eigentlich sollte jemand bei ihm sein«, überlegte Trude besorgt, »in seinem Zustand. Er ist ja nicht zurechnungsfähig. Er könnte sich aus Versehen wehtun.«

Nelli nickte. »Sehr edel und hilfreich gedacht, Trude. Und deshalb sollten wir ihm einen Besuch abstatten. Und wenn wir sehen, dass er nicht schläft wie ein Engelchen, dann wissen wir Bescheid: Er plant und verschwört sich! Komm, schreib die Verdächtigenliste ab. Wir brauchen sie unterwegs. Und dann los!«

✧ **Verdächtig** ✧

Woimick

~~*Bertwin*~~

Irmfriede

Frangipani

Rembert!!

Beppo

Lukas

Coccinellus

Mystia!!

✧ **Nicht verdächtig** ✧

Wir

Bröllhuber, er und sie

Hilde und Sägebrecht

Pilot

Motiv??

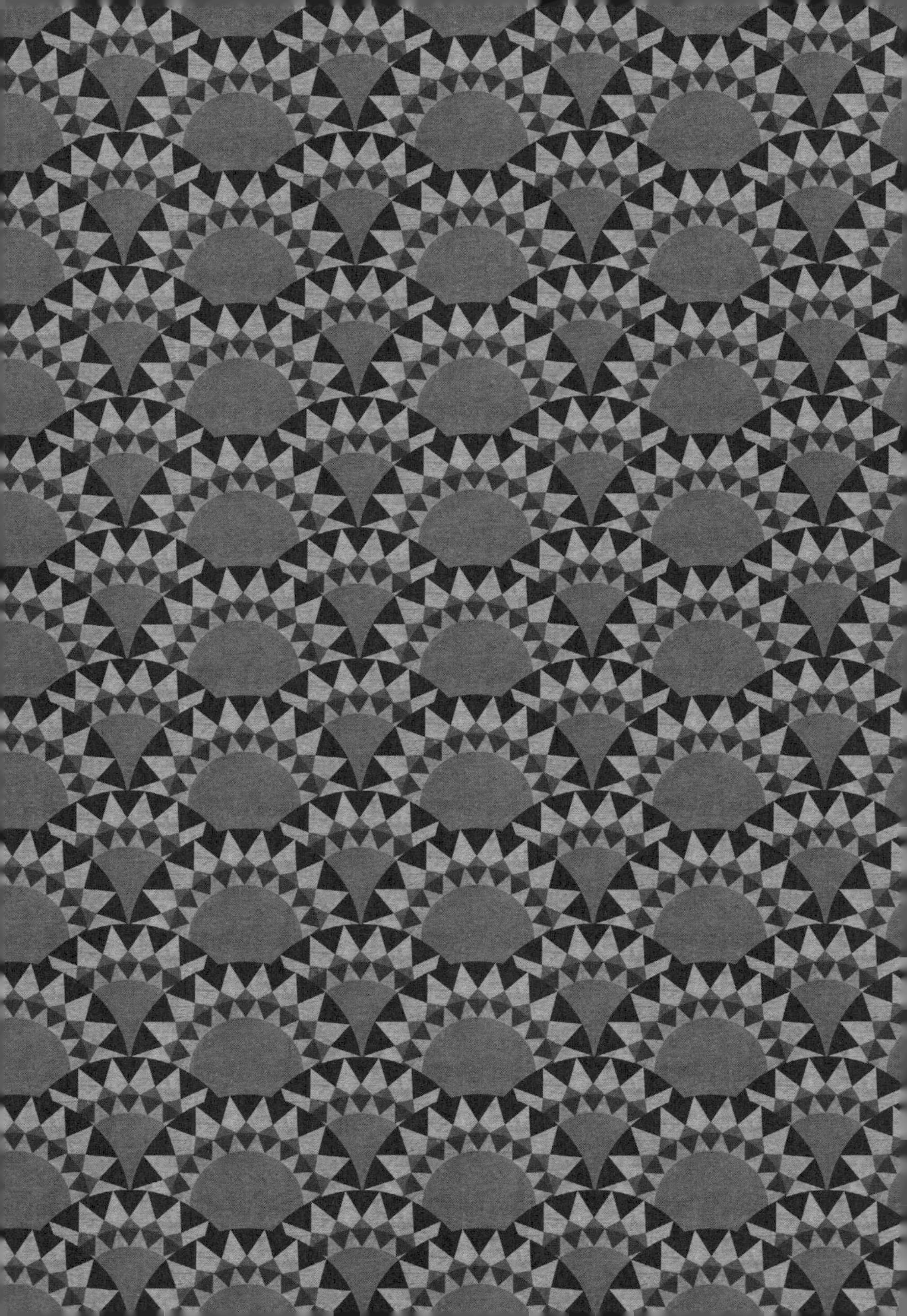

6. Kapitel

Das Geheimnis des zweiten Bauchredners

Beppo lag in seiner Koje und blubberte leise vor sich hin, als Nelli die Tür öffnete. »Beachte uns gar nicht, Beppo«, flüsterte sie, »wir sind nur ein Traum.«

Beppo nickte vor sich hin und blubberte weiter. Seine Gesichtsbemalung hatte man ihm notdürftig abgewischt. Mit den Resten im Gesicht sah er richtig elend aus.

Trude schloss die Tür geräuschlos hinter ihnen. »Was tun wir jetzt?«

»Das Naheliegende«, murmelte Nelli grimmig. Sie schlich zu Beppo hin und winkte mit der Laterne vor seinem Gesicht herum. Beppo aber störte das nicht.

»Beppolein, das ist alles nur ein Traum«, summte Nelli und fuhr ihm mit ihrer Pfote über die Glatze. »Tralala. Nur ein kleines Träumchen. Und ich bin das Sandmännchen. Deswegen muss ich dir jetzt ein bisschen Sand in die Augen streuen, nicht, Beppo?«

»Hnmungh«, sagte Beppo zufrieden.

Da fasste Nelli vorsichtig mit einer Zehe Beppos linkes Augenlid.

»Was machst du denn da?«, zischelte Trude entsetzt. »Tu ihm nicht weh!«

Nelli schwenkte die Laterne vor Beppos offenem Auge und summte weiter. »Das tut nicht weh, oder, Beppo? Nee, natürlich nicht. Ist nur ein bisschen Sand. Und morgen früh, wenn du wieder aufwachst, ist alles vorbei.«

Mit dem Kopf bedeutete sie Trude, zu ihr zu kommen. Trude kam und schaute auf Beppos schlafendes Gesicht hinunter. Es war ein sehr merkwürdiger Anblick – ein schlafendes Gesicht mit einem weit aufgerissenen Auge, das vor sich hin starrte, ohne etwas zu sehen.

»Seine Pupille, siehst du?«, flüsterte Nelli. »Riesengroß. Ich leuchte ihm direkt ins Auge und trotzdem bleibt sie groß.«

»Was heißt das?«, flüsterte Trude. »Hat er Augentropfen genommen?«

»Erstens, liebe Trude«, sagte Nelli, »waren es bestimmt keine Augentropfen, sondern irgendwelche Drogen. Zweitens heißt das, dass er nicht unser Täter ist – er ist wirklich weggetreten. Das erklärt auch die Torkelei und das Gestammel. Er ist nicht verrückt, er ist ganz einfach berauscht.«

»Du meinst, jemand hat ihm Drogen verabreicht, ohne dass er es wusste?«

»So ungefähr.«

»Hier steht eine Tasse, da ist sogar noch was drin.« Trude ging zum Tisch und musterte Beppos große braune Suppentasse. Vorsichtig hob sie sie hoch und roch daran. »Wein oder so was.«

Nelli beschnupperte die Pfanne auf dem Herd, in der die Reste von Beppos Abendessen lagen: Bratkartoffeln. »Es gibt ja nicht viele Wege, wie man Drogen in Beppo hineinkriegen kann.

Entweder er hat sie gegessen oder getrunken. Oder man hat sie ihm unter den Tabak gemischt – nee, das kann nicht sein, Beppo raucht ja nicht. Mit einer Spritze aber auch nicht, denn das hätte er ganz bestimmt gemerkt. Hm. Lass uns anfangen, nach Hinweisen zu suchen.«

Trude seufzte und schaute sich um. Wo sollte man suchen, wenn man nicht einmal wusste, was man suchte? Und wo sollte man anfangen? Beppos Wagen war ausgesprochen unordentlich. Seine Kleider waren zwar gefaltet, aber sie lagen überall herum. In einer Ecke hatte Beppo leere Konservenbüchsen gesammelt, in einer anderen lagen all seine gelesenen Zeitungen. Kein Wunder, dass Trude noch nie hier drinnen gewesen war. Beppo lud bestimmt nicht oft Leute ein, so, wie es hier aussah.

Schrittchen für Schrittchen ging sie an der Wand entlang, vorbei am Ofen und an der Spüle und am Kleiderschrank. Auch an Beppos Wänden gab es keinen freien Zentimeter – jeder Fingerbreit war mit alten Zirkusplakaten beklebt. Beppo war schon viele Jahre mit Zirkussen mitgereist und die Sammlung hätte kaum bunter sein können. Und auf jedem der Plakate stand irgendwo Beppos Name – auf den ältesten Plakaten ganz klein (da war er noch nicht so bekannt gewesen) und dann auf den neueren Plakaten meistens sehr groß. Und auf manchen Plakaten stand auch Lukas, der Gewichtheber. Die beiden alten Freunde waren schon in vielen Zirkussen zusammen aufgetreten.

»Hier ist sein Apothekerschränkchen«, murmelte Nelli. »Mal sehen, was da so drin ist.«

Trude kam derweil zur Küchennische. Selbst das Stückchen Wand zwischen Herd und Hängeschrank war mit Zirkuswerbezetteln zugeklebt. Die waren vor lauter Küchenschmauch und Wasserdampf schon ganz gewellt und sahen aus, als wollten sie jeden Moment abfallen. Trude öffnete den Hängeschrank und schaute in Beppos Tassen, Schüsseln und Kaffeekanne – es fand sich nichts Verdächtiges.

Sie stellte ihre Laterne auf den Tisch und öffnete die Küchenbank. Aber da waren nur Teller und zwei Kochtöpfe und eine Packung Zucker.

Mit einem leisen Seufzer schloss sie die Bank wieder und schaute hoch. Gerade wollte sie etwas sagen, da fiel ihr Blick auf ein grünes Plakat vor ihrer Nase. An einem Wort blieb sie hängen. Halb war es unter der Tischplatte verborgen, aber man konnte es noch lesen.

»Nelli«, flüsterte sie.

Nelli hörte Trude sofort an, dass es wichtig sein musste, und kam herüber.

»Ich glaube, ich habe einen zweiten Bauchredner gefunden«, wisperte Trude. »Siehst du, da? Da steht: *Beppo, der Clown*, und direkt darunter: *Lukas und Herbert, die sprechende Himbeere!*«

»Lukas?«, murmelte Nelli fragend.

»Vielleicht ist es gar nicht unser Lukas, sondern ein anderer«, setzte Trude vorsichtig hinzu. »Aber ein Lukas ist es immerhin.«

»Das finden wir raus«, murmelte Nelli und bleckte voller Vorfreude die Nagezähne. »Wie hieß dieser Zirkus? Zirkus Wagemuth, soso. Alle Plakate vom Zirkus Wagemuth müssen wir untersuchen. Wir brauchen mehr Hinweise auf diesen Lukas und seine sprechende Himbeere. Nimm du die Wände. Ich schau derweil in Beppos privaten Papierkram.«

»Wirklich, Nelli …«

Aber Nelli hörte nicht zu. Sie hatte sich bereits an Beppos einziger Kommode zu schaffen gemacht und zog mit beiden

Pfoten Stapel von Papier heraus. Also seufzte Trude und überflog Beppos ungewöhnliche Tapezierung noch einmal. Sie fand nur sechs alte Plakate vom Zirkus Wagemuth, und auf allen stand dasselbe: *Lukas und Herbert, die sprechende Himbeere.* Und dann gab es die neueren Plakate, auf denen stand: *Beppo, der Clown* und *Lukas, der stärkste Käfer der Welt.* Und dann fiel Trude etwas auf: Dazwischen gab es eine ganze Menge Plakate, auf denen *Beppo, der Clown* stand – aber kein Lukas!

Sie machte gerade den Mund auf, um Nelli davon zu erzählen, da kam von Nelli ein triumphierendes »Ha!«.

»Hast du was gefunden?«, flüsterte Trude.

»Ja, das kann man wohl sagen«, zischte Nelli.

»Vielleicht die Erklärung dafür, warum Lukas und Beppo drei Jahre lang nicht im selben Zirkus gearbeitet haben?«, mutmaßte Trude und freute sich wie eine Schneekönigin, als Nelli erstaunt die Augen aufriss. »Und warum Lukas vorher Bauchredner war und jetzt Gewichtheber ist?«

»Ganz genau das!« Nelli huschte herüber und stellte eine Kommodenschublade auf den Tisch. Die Schublade war randvoll mit Zetteln und Zeitungsausschnitten, und aus ihrer tiefsten Tiefe zog Nelli einen Haufen Zeitungspapier, der mit einer Büroklammer zusammengeheftet war. »Hier. Damals hat nämlich Lukas eine ganz andere Karriere eingeschlagen!«

»Langfinger-Lukas zu drei Jahren Zuchthaus verurteilt«, las Trude aufgeregt. »Unser Lukas?«

»Guck mal, wie viele Artikel!« Nelli ließ den Stapel Zeitungspapier durch ihre Finger gleiten. »Das muss damals eine große Sache gewesen sein. Siehst du die Lithografie hier, mit dem grimmigen Hirschkäfer vor dem Gerichtsgebäude? Das ist unser

Lukas, sonst bin ich ein Pilz! Damals hat er versucht, die Kasse des Wagemuth-Zirkus zu klauen, aber dabei haben sie ihn erwischt.«

Trude schüttelte den Kopf. »Wenn diese fürchterliche Stimme, die er Pepi in den Mund gelegt hat, seine normale Bauchrednerstimme ist, dann hat er mit seiner sprechenden Himbeere bestimmt wenig Geld verdient. Warum hat Beppo uns das nie erzählt?«

»Na, das kannst du dir doch denken!«, sagte Nelli ungeduldig. »Woimick würde keinen Zirkuskassen-Dieb in seinen Zirkus aufnehmen. Deshalb ist Lukas später als Gewichtheber aufgetreten. Damit man nicht merkt, dass er mal Bauchredner-Lukas und Langfinger-Lukas war. Beppo wollte ihm eine zweite Chance verschaffen, sie sind ja immer noch Freunde.«

Wie zur Bestätigung fing Beppo an zu murmeln.

»Aber seine Freunde vergiftet man doch nicht.« Trude runzelte die Stirn. »Wofür sollte Lukas ihm Drogen geben?«

»Weil Beppo Lukas' Himbeerenstimme kennt. Er hätte sofort gemerkt, dass mit Pepi ein fauler Zauber passiert. Außerdem wusste er ja, dass Lukas zu kriminellen Umtrieben neigt. Er hätte sich bestimmt gleich gedacht, dass Lukas etwas plant, also musste er ausgeschaltet werden. Und letzten Endes passt das Herumtorkeln und Brabbeln gut zu der Idee, dass er sich wirklich in einen geistesgestörten Clown verwandelt hat.«

Da klatschte Trude sich an die Stirn. »Lukas hat Beppo doch vorhin zu einem Glühwein-Abendschoppen eingeladen! Bevor wir das Zirkuszelt aufgebaut haben, weißt du nicht mehr?«

Die Blicke der beiden wanderten zu der halb leer getrunkenen Tasse auf dem Tisch.

»Glaubst du, das ist der Rest?«, fragte Trude.

»Es gibt nur einen Weg, das herauszufinden«, antwortete Nelli grimmig. »Da, probier mal!«

»Wie bitte? Ich?!«

»Wenn du dieselben Symptome zeigst wie Beppo, haben wir Gewissheit.«

»Nelli! Du hast wohl was an der Erbse! Mach's doch selbst, wenn du es unbedingt ausprobieren willst!«

»Ich brauche meinen Kopf heute noch. Ich muss denken.«

»Na und? Deshalb soll ich mich vergiften lassen? Du bist doch nicht ganz bei Trost!«

»Hmpf. Na, dann eben nicht. Ich bin trotzdem sicher, dass das hier die richtige Spur ist.« Nelli schnupperte an der Tasse, aber dann schüttelte sie den Kopf. »Riechen kann man jedenfalls nichts.«

»Es muss also ein geruchloses Gift sein«, folgerte Trude und kam sich sehr schlau vor.

»Oder eins, das nur schwach riecht.« Nelli runzelte die Stirn. »Die Gewürze im Glühwein überdecken ja einiges.«

Trude setzte sich auf eine Kommode und fasste sich mit beiden Händen an den Kopf. »Und Lukas hat Beppo vergiftet und mit Mystia und Rembert all diese schlimmen Sachen vorbereitet, während wir geschlafen haben. Aber das ist doch so kompliziert! Wenn er die Zirkuskasse klauen will, warum schnappt er sie nicht einfach und fliegt damit weg?«

»Weil er das schon mal gemacht hat und danach saß er drei Jahre im Zuchthaus«, sagte Nelli und hob die Zeitungsartikel noch einmal hoch. »Hier steht's: *Ein dreister Einbruch im Wagen des Direktors, gefolgt von dem Versuch, bei Nacht und Nebel mit der Zirkuskasse durchzubrennen. Zum Glück bemerkten ihn einige wachsame Artisten und verständigten die Polizei im*

Ort. Da hast du's. Diesmal wollte er keine wachsamen Kollegen haben, schon gar keinen wachsamen Beppo. Und wenn er versucht hat, Verwirrung zu stiften und uns in den Wagen zu halten, dann ist ihm das gründlich gelungen.«

»Aber«, murmelte Trude, »stell dir vor, die Nacht wäre nicht so dunkel gewesen. Oder nicht so neblig. Oder wir wären gar nicht mit dem Zeppelin geflogen. Dann hätte ja der ganze Plan nicht funktioniert!«

»Stimmt«, erwiderte Nelli. »Es brauchte genau so eine Nacht wie heute. Und nur zwei, drei Stunden Zeit, um alles vorzubereiten. Genial geplant und ausgeführt. Aber es gab ja ein lohnendes Motiv.«

»Unsere magere Zirkuskasse? Wir kommen doch jeden Monat gerade so in die schwarzen Zahlen. Da ist doch nie etwas drin!«

»Diesmal schon.«

Und dann fiel es Trude wie Schuppen von den Augen. »Woimicks Lottogewinn!«

Nelli tippte sie an. »Genau. Hätte Woimick mal nicht so herumgeprahlt mit seinem neuen Reichtum, dann hätten wir jetzt eine ruhige Nacht.«

»Wenigstens können wir Woimick von der Liste streichen«, seufzte Trude. »Er wird ja nicht seinen eigenen Lottogewinn klauen.«

Sie nahm die Liste aus der Tasche und verbesserte:

✧ **Verdächtig** ✧

~~Woimick~~

~~Bertwin~~

Irmfriede

Frangipani

Rembert!!

~~Beppo~~

Lukas

Coccinellus

Mystia!!

✧ **Nicht verdächtig** ✧

Wir

Bröllhuber, er und sie

Hilde und Sägebrecht

Pilot

Motiv: Die Zirkuskasse!!

»Aber«, fuhr Nelli fort und ging noch einmal durch die Artikel, »wenn er den Zirkus Woimick beklauen will, muss er sich schon was Besonderes einfallen lassen. Denn der Zirkus Wagemuth hatte seine Kasse in einem alten Strumpf unter dem Kopfkissen des Direktors und Woimick hat einen Tresor in seinem Wagen. Wie will Lukas da rankommen, frage ich mich?«

Und da fiel Trude etwas ein, was sie ganz vergessen hatte, vor lauter Ankerkette und Giften und Zitronensäure. Sie winkte aufgeregt mit den Armen. »Der Schlüssel! Woimicks Schlüssel fehlt!«, stammelte sie.

»Nicht nur das, dem fehlen auch einige Schrauben«, sagte Nelli. »Sammel dich und dann teil dich mit.«

»Vorhin. Als ich bei der Ankerkette war!« Trude schluckte. »Woimick und Coccinellus standen vor der Tür, und Woimick hat erwähnt, dass ihm ein Schlüssel aus seiner Westentasche fehlt. Das war bestimmt der Schlüssel für den Safe!«

»Gut gemacht«, sagte Nelli und biss sich mit den Nagezähnen auf die Unterlippe. »Irgendjemand hat ihm den Schlüssel aus der Tasche geklaut.«

»Ob das Rembert war?«, flüsterte Trude eifrig. »Der zieht doch dauernd Leuten Papierblumen hinterm Ohr oder zum Ärmel raus. Der kann bestimmt auch Taschendiebtricks.«

»Wahrscheinlich.« Nelli nickte kampfbereit.

»Und was machen wir jetzt?«

»Hm. Wir müssen weiter nach Beweisen suchen, denn bisher haben wir ja nur einen Verdacht. Mehr nicht.«

Trude hüpfte aufgeregt auf und ab. »Aber wir können doch nicht noch länger warten!«

»Ruhig!« Nelli hielt Trude fest. »Außerdem kennen wir noch gar nicht alle Komplizen. Mystia und Rembert schon, aber vielleicht ist ja noch jemand dabei. Wir brauchen noch viel mehr Beweise. Und wir müssen rausfinden, was mit Beppo los ist. Vielleicht braucht er einen Arzt oder ein Gegengift!«

Trude atmete tief durch. »Du hast ja recht, Nelli. Aber wie sollen wir das alles machen?«

»Dafür«, sagte Nelli und rieb sich die Pfoten, »dafür müssen wir in die Höhle des Löwen.«

»Was für ein Löwe?«

»Trude! In Lukas' Wagen natürlich.«

Das klang gefährlich, fand Trude. »Ich denke …«

»Lass es lieber.«

»Aber da sitzt er doch selbst drinnen«, wandte Trude ein. Dass sie so den Wagen nicht durchsuchen konnten, war sogar ihr klar.

Nelli grinste. »Oh! Ich weiß da jemanden, der sich um ihn kümmern wird.«

Ganz leise und vorsichtig schlüpften sie aus Beppos Behausung und tappten am Rand der Manege vorbei. Aber da wurde die Tür von Irmfriedes Wagen aufgerammt und der große Coccinellus schoss heraus. Halb flatterte er, halb rannte er. »Hilde ist aufgewacht! Kommt schnell, Hilde ist wach«, krähte er.

Lukas schaute aus dem Fenster. »Hilde ist wach? So eine gute Nachricht!«, rief er. Ein bisschen übertrieben erfreut, dachte Trude bei sich.

Und zwischen den Wagen tauchten die Zirkusmitglieder auf und redeten durcheinander und wollten zu Hilde und auch Nelli und Trude liefen mit und drängelten sich durch die enge Tür von Irmfriedes Wagen. Alle, wirklich alle außer Beppo waren da. Der ganze Zirkus Woimick drängte sich zwischen den Spinnweben, die Irmfriede als gehäkelte Wandteppiche dienten. Es passte kein Grashalm mehr zwischen die Artisten. Und in der Mitte, auf dem Fußboden, lag Hilde, und bei ihr saß Sägebrecht.

»Oh, Hilde«, jammerte er, »Hilde, tut es sehr weh?«

»Wargh«, antwortete Hilde und setzte sich etwas auf.

»Was ist mit ihr los?«, flüsterte Frau Bröllhuber ängstlich.

Hilde rülpste.

»Nun ja, sie musste sich ja bis zur Besinnungslosigkeit betrinken«, erklärte Irmfriede ungerührt. »Das war ein bisschen viel, selbst für sie.«

»Mir ist soooo … sooohooo schlecht«, sagte Hilde mühsam.

»Was hast du ihr denn gegeben?«, fragte Woimick interessiert. »Schädelsprenger?«

Hilde zuckte zusammen. »Ha! Schädelsprenger! Sag nicht

Schädelsprenger! Das Zeug … das Zeug will ich nie wieder sehen!«

Sägebrecht streichelte ihre Wange und da bemerkte Hilde ihn überhaupt erst. »Oh«, sagte sie, und ihre Stimme wurde weich. »Du.«

»Meine Hilde!«, schluchzte Sägebrecht und zog sie an sich und küsste sie, und Trude musste fast weinen. Das war noch schöner als alle romantischen Szenen in ihren Liebesromanen. Was vermochten sechzehn Stiche gegen wahre Leidenschaft?

Nelli zupfte Trude am Ärmel. »Komm«, raunte sie leise, »wir gehen.« Und wenn ihre Stimme etwas näselig klang und sie schlucken musste – dann war das bestimmt nur die Kälte im Zeppelin. Nelli war nämlich niemals rührselig.

Niemand beachtete die beiden, als sie aus Irmfriedes Wagen verschwanden und zum Wagen der drei Cousinen hinübertrippelten. Nelli klopfte leise an die Tür.

»Aufmachen! He, aufmachen, ich bin's«, flüsterte sie.

Da wurde die Tür sehr laut aufgerissen. Kläri zerrte Nelli und Trude am Arm hinein und schlug die Tür hinter ihnen zu.

»Passwort!«, raunzte sie.

»Es gibt kein Passwort, ihr Flitzpiepen«, zischte Nelli zurück und rieb sich den Ellenbogen.

»Und außerdem fragt man nach dem Passwort, *bevor* man Leute hereinlässt, und nicht hinterher«, setzte Trude hinzu, aber niemand beachtete sie.

Himmel noch mal, was für eine Unordnung hier drinnen herrschte! Das überraschte Trude immer wieder, egal, wie oft sie die drei besuchte. Mariechen und Lotte saßen stocksteif an den Wagenfenstern, eine links und eine rechts. Mariechen glotzte in ein Fernglas und Lotte schaute durch eine riesige Lupe. Beide rührten sich nicht vom Fleck und überwachten ihr Fenster wie die Bluthunde.

»Passwort!«, krähte Kläri und knuffte Trude.

»Fisch«, riet Nelli.

»Das ist nicht das Passwort! Eindringlinge! Meuchelmörder!!«

Nelli seufzte. »Was ist denn das Passwort?«

»Haha! Sehr schlaue Frage«, erklärte Kläri und wackelte mit der Zeigekralle, »aber ich verrat es dir nicht. Es ist geheim! Schrecklich geheim! So geheim, dass nicht mal ich es weiß!«

Nelli seufzte wieder. »Lotte, was ist das Passwort?«

»Pft, keine Ahnung.«

»Mariechen, kennst du das Passwort?«, fragte Nelli.

»Ich doch nicht. Ich überwache«, erklärte Mariechen wichtig.

Nelli rollte mit den Augen. »Also keiner kennt das Passwort.«

»Oh«, machte Kläri und schaute sich betroffen um. »Dann müssen wir alle vor die Tür. Los! Wer das Passwort nicht kennt, fliegt raus!« Sie zerrte an Lotte und Mariechen herum, die ihr Bestes taten, um weiter aus dem Fenster zu starren.

Nelli warf sich ihnen in den Weg. »Halt! Stopp! Bleibt, wo ihr seid. Ich hab eine neue Mission für euch. Etwas ganz Spannendes. Ihr sollt den Hauptverdächtigen in Sicherheit wiegen, während wir seinen langweiligen, alten Wohnwagen nach staubigen, trockenen, doofen Indizien durchsuchen.«

»Hurra!« Mariechen warf das Fernglas weg. »Wir wiegen ihn in Wogen von Sicherheit!«

»Wir wagen und wiegen ihn«, stimmte Lotte mit ein, »und wenn er es am wenigsten erwartet, wissen wir, was er wiegt!«

Nelli wedelte mit den Pfoten. »Psst! Seid leise. Ihr wisst ja gar nicht, wer es ist.«

Und da gehorchten die drei wilden Zwergschläfer und steckten die Köpfe zusammen.

»Also passt auf«, erklärte Nelli. »Lukas steckt hinter allem.«

»Oho!«, sagte Mariechen.

»Hängt ihn aufmfffff!!«, krähte Lotte, aber Nelli hielt ihr schnell die Pfote vor die Schnauze.

»Pssst, verdammt noch mal! Ihr drei müsst uns den Rücken freihalten, damit wir in Ruhe seine Bude durchsuchen können. Dazu lockt ihr ihn unter irgendeinem Vorwand in euren Wagen und haltet ihn so lange wie möglich fest, ja?«

»Sollen wir ihn fressen?« Mariechen bleckte die Zähne.

»Nein«, erwiderte Nelli schnell. »Keine Fisimatenten!«

»Oh, den wollte ich schon immer fressen, diesen dicken, fetten Käfer«, erklärte Lotte mit glitzernden Augen.

»Außen knusprig, innen saftig«, schwärmte Kläri.

»Nein!« Nelli hob die Pfoten. »Er darf sich nicht bedroht vorkommen. Außerdem gehört sich das nicht, das hab ich euch schon oft gesagt!«

Mariechen zwitscherte enttäuscht vor sich hin.

»Ihr müsst ihn irgendwie ... nett ablenken. In ein Gespräch verwickeln oder so was. Über etwas ganz Harmloses, was nichts mit den Nirgendwohnern oder mit Giften und schmutzigen Tricks zu tun hat. Ach ja, und auch nicht mit der Zirkuskasse. Die will er nämlich klauen. Darum macht er das alles.«

»Aha!« Mariechen rieb sich die Hände. »Oh, du wirst sehen, Nelli, wir sind die verwegensten Verwieger der Welt!«

»Gut, dann los«, zischte Nelli. »Die anderen sind gerade noch in Irmfriedes Wagen, aber gleich werden sie alle rauskommen. Fangt ihn ab!«

»Erst das Zauberwort!«, verlangte Lotte.

»Bitte.«

»Für mich auch!«, krähte Kläri.

»Bitte.«

Mariechen hob die Pfote.

»Ja, für dich auch. Bitte«, seufzte Nelli, und die drei sprangen los.

Nelli und Trude folgten ihnen unauffällig und drückten sich in eine dunkle Nische. Und sie mussten nicht lange warten. Lukas kam bald die Stufen zu Irmfriedes Wagen heruntergekrabbelt. Zwar unterhielt er sich mit Coccinellus – aber das hielt die Zwergschläfer nicht auf, denn sie waren viel größer. Den kleinen Coccinellus schubsten sie einfach weg.

»Oh, Lukas«, säuselte Mariechen.

Lukas guckte verdutzt.

»Hast du schon unsere neue Tapete gesehen?« Kläri schlang einen Arm um seinen Panzer.

»Und unsere neue Kaffeemühle?«, zwitscherte Lotte und legte von der anderen Seite den Arm um ihn.

»Wir haben ein neues Halma-Spiel«, versuchte Mariechen ihn in Versuchung zu führen.

»*Zwei* neue Halma-Spiele!«, rief Kläri.

»Ein neues Doppelschach-Spiel«, setzte Lotte hinzu, und die anderen schauten bewundernd zu ihr hinüber.

»Ja, genau, ein tolles neues Doppelschach-Spiel«, sagte Kläri.

»Und uns fehlt ein vierter Mann, damit wir spielen können«, sagte Mariechen und übte ihren schönsten Bitte-Bitte-Blick.

»Ja! Zu dritt darf man's nicht spielen, sonst explodiert das Brett«, rief Lotte, »und wir wollen doch so gern spielen!«

»Wo wir nicht schlafen können und all das«, sagte Kläri, »in dieser wunderschönen, sternklaren Nacht.«

»Könnt ihr euch nicht jemand anderen suchen? Ich bin müde«, versuchte Lukas sich zu widersetzen, aber sein Widerstand war zu schwach für die drei entschlossenen Cousinen.

»Du bist der beste Doppelschach-Spieler an Bord«, bettelte Mariechen, »und deshalb musst du uns ein paar Tricks zeigen, denn wir wollen nächstes Jahr zur Doppelschach-Weltmeisterschaft nach Übersee!«

»Oh ja, da brauchen wir den besten Lehrer, sonst kriegen wir nicht mal eine Medaille aus Pappe!«, wimmerte Lotte.

»Na schön«, knurrte Lukas und rollte mit den Augen, »aber nur ganz kurz!«

»Oooh ja«, rief Kläri und hakte sich bei ihm unter, »du musst uns alle deine Tricks zeigen!«

Und schon hatten die drei Lukas in ihren Wagen geschleift und die Tür fiel hinter ihnen ins Schloss.

Es war völlig dunkel und still in Lukas' Wagen. Die Fensterläden waren zu und so konnten Trude und Nelli ungestört arbeiten. Mit der Laterne leuchteten sie herum, um sich ein Bild zu machen.

»Wie eine Verbrecherbude sieht es nicht aus«, flüsterte Trude. »Ich dachte, Verbrecher haben Waffen und Dietriche und so was.«

»Alles nur Tarnung«, meinte Nelli und schnupperte. »Wir haben nicht viel Zeit, also wo fangen wir an?«

»Hier ist das Gewürzregal«, meinte Trude. »Wenn er Beppo mit einem Glühwein vergiftet hat, hat er vielleicht das Gift als Gewürz getarnt.«

»Glaub ich nicht«, schnaubte Nelli verächtlich. »Das Gift kam ja nur in Beppos Tasse, nicht in Lukas' eigene. Ich nehm den Medizinschrank. Da stehen auch eine Menge Pülverchen und Fläschchen herum.«

Trude war beleidigt. Immer wusste Nelli alles besser! Sie öffnete den Küchenschrank über dem Kanonenofen. Die Innenseite der Tür war ganz mit kleinen Regalen bestückt, auf denen noch kleinere Döschen und Streuer standen. »Oregano, Thymian, Salz, Pfeffer«, murmelte sie. »Nichts Verdächtiges.«

»Bei mir auch nicht«, ärgerte sich Nelli, die unter dem Bett herumwühlte. »Wenn ich es nicht besser wüsste, könnte ich schwören, er wäre brav geworden! – Komm weg von dem Gewürzregal, Trude. Da findest du nichts.«

Trotzig suchte Trude weiter. Lukas hatte wirklich eine Menge Gewürzstreuer. »Majoran, Rosmarin, Koriander«, murmelte sie.

Nelli dachte derweil laut nach. »Einen solchen Schatz an Wissen und verbrecherischem Können muss Lukas sich irgendwo zusammengelesen haben. Allein das Vergiften von Beppo! Er weiß doch gar nicht, wie das geht. Aber schau dir sein Bücherregal an.« Nelli stellte sich auf die Zehenspitzen und tippte gegen das Regalbrett. Darauf standen ein Gedichtband, eine Biografie eines Opernsängers und ein dickes Buch mit Kreuzworträtseln. »Das ist Lukas' ganze Literatursammlung. Ein eifriger Leser ist er nicht.«

»Kurkuma«, murmelte Trude. »Und noch mehr … hoppla! Oh nein!« Das kleine Blechdöschen glitt ihr aus den Fingern. Zum Glück fing sie es noch, ehe es scheppernd auf den Boden fallen konnte, aber der Inhalt stäubte auf die Dielen.

»Oh nein«, jammerte Trude wieder, und da begann das gelbe Pulver um ihre Füße herumzuwirbeln und Wörter zu formen.

»Oh *doch*«, sagte Nelli, und ihre Augen glitzerten. »Oh ja, und wie!«

Schlösserknacken eins, zwei, drei:
Ein umfassendes Lehrbuch

Das wichtigste Handwerkszeug eines professionellen Schlösserknackers ist nicht, wie oft angenommen, der Dietrich, sondern Feingefühl, mechanisches Verständnis und eine gewisse Unverfrorenheit. Wir beginnen im ersten Kapitel mit der Anatomie der gängigsten Schlössertypen und bauen dann systematisch die Anleitung mit steigendem Schwierigkeitsgrad auf …

»Er hat ja doch Verbrecherliteratur«, murmelte Trude erstaunt. »Mythen in Tüten*. Ähm, Mythen in Dosen!«

»Eine ganze Verbrecherbibliothek!« Nelli lachte sich ins Fäustchen und klatschte leise in die Pfoten und das Pulver flog zurück in seine Dose. »Gib mir mal eine andere«, forderte sie. Trude gehorchte und sie gingen das ganze Gewürzregal durch.

Lukas, das war bald klar, war umfassend ausgestattet. Er hatte Anleitungen zum Bombenbauen, Drogenköcheln, Heiratsschwindeln und natürlich auch ein Buch über Gifte mit ihren verschiedenen Schweregraden. Bei letzterem Buch blieb Nelli hängen.

* *»Mythen in Tüten«, so steht es in* Professor Grätzlichs Konversationslexikon, *»ist eine papierfreie Schriftform. Sie besteht aus einer Tüte (oder einem anderen Gefäß) und einem magisch belegten Pulver. Schüttet man dieses aus, formt es auf jeder glatten Oberfläche einen Text. Hat man diesen gelesen, klatscht man in die Hände, und das Pulver fliegt wieder in die Tüte. Aufgrund ihres geringen Gewichts sind Mythen in Tüten eine beliebte Form der Reiselektüre.«*

»Jetzt müssen wir nur noch rausfinden, was er mit Beppo gemacht hat«, sagte sie. »Damit wir wissen, ob der Arme je wieder zu Verstand kommt.« Sie schüttete das Pulver auf den Boden und überflog die Worte, die sich daraus formten.

Es war ein ziemlich langes Buch – fast der ganze Fußboden war davon bedeckt, und Trude biss sich ängstlich auf den Fingernägeln herum und fragte sich, was bloß passieren würde, wenn Lukas nun hereinplatzen würde –, aber nach fünf schrecklich langen Minuten hatte Nelli gefunden, was sie suchte.

»Da. Fliegenpilz. Macht Halluzinationen und erweiterte Pupillen, lässt Leute wie geistesgestört herumtorkeln. Nachdem die Vergifteten aber ihren Rausch ausgeschlafen haben, erinnern sie sich an nichts. Das klingt doch nach Beppo!«

»Dann wird Beppo also wieder normal?«, fragte Trude erleichtert.

»Ich denke schon«, murmelte Nelli und klatschte in die Pfoten. Das Buch flog zurück in die Dose.

»Puh, ich bin ja froh, dass er nur Leute vergiftet«, seufzte Trude. »Immerhin hat er sogar Bücher übers Bombenbauen. Stell dir vor, er würde eine Bombe bauen. Wo wir hier unter einer Riesenblase voller Helium hängen!«

Und da ließ Nelli die Dose fallen.

7. Kapitel

Bombenstimmung

Trude verstand gar nicht, was plötzlich mit Nelli vorging. »Aber Lukas würde doch keine Bombe legen«, sagte sie beruhigend. »Dann würde er ja mit in die Luft gehen.«

»Würde er nicht«, keuchte Nelli. »Er ist ein Käfer. Er kann fliegen. Und seine dämlichen Kumpane Mystia und Rembert, die würde er einfach mit hochgehen lassen. Dann muss er die Beute nicht teilen. Und wir würden alle in einem riesigen Feuerball eingeäschert werden. Spuren und Zeugen und alles. Oh, das ist genial!«

»Sei nicht so begeistert«, sagte Trude empört. »So etwas ist moralisch höchst verwerflich und du solltest es nicht toll finden.«

Aber Nelli war nicht zu bremsen. »So ein ausgefuchstes Spiel! Dahinter steckt ein wirklich großer Geist. Ein wirkliches Verbrechergenie! Alle Spuren seines Verbrechens werden zu einem kleinen Häuflein Asche verbrannt. Und falls jemand überlebt, weiß immer noch keiner, dass Lukas schuld ist. Mehr noch: Wenn das Geld aus der Kasse fehlt, dann denken alle, es wäre einfach verbrannt. Und wenn Lukas auch fehlt, dann denken alle, er wäre bei dem Absturz mit draufgegangen. Er könnte irgendwo bequem ein neues Leben anfangen und niemand würde ihn verdächtigen!«

»Aber er würde uns doch nicht alle umbringen«, flüsterte Trude beklommen, »nur wegen Geld!«

Nelli schnaubte. »Hast du eine Ahnung. Er hat es auch in Kauf genommen, dass Hilde oder ich draufgehen. Und wer einen Mord in Kauf nimmt, der nimmt auch siebzehn in Kauf! Ja, so macht alles Sinn.«

»Um Himmels willen«, hauchte Trude. »Wir müssen die anderen warnen. Wir dürfen nicht mehr länger warten, Nelli!«

»Auf keinen Fall!«, zischte Nelli. Sie schob Trude gegen die Wand und packte sie an der Schulter. Gleich hält sie mir die Zähne an die Kehle, so wie Mariechen das immer mit Lotte macht, dachte Trude. »Auf keinen Fall, verstehst du?! Du sagst niemandem was!«

»Aber wieso denn nicht?«, begehrte Trude auf. »Wenn alle mithelfen, dann finden wir die Bombe doch viel schneller. Und Lukas und die anderen werden unschädlich gemacht!«

»Wenn das so einfach wäre«, erwiderte Nelli. »Lukas hatte die Mittel und das Motiv, aber denk mal nach: Die anderen wissen ja nicht mal, dass es ein Verbrechen gibt! Die glauben doch felsenfest, dass übernatürliche Mächte am Werk sind! Was meinst du: Wenn wir denen sagen, sie sind alle an der Nase herumgeführt worden und es gibt gar keine Geister und Lukas und Rembert und Mystia wollen sie ausrauben und Lukas will uns alle umbringen – glauben die uns das?«

Trude biss sich auf die Lippe. Es war zum Heulen!

»Und vergiss eins nicht!«, fuhr Nelli fort. »Wenn es eine Bombe gibt – und davon gehe ich aus –, dann müssen wir sie nicht nur finden, sondern auch unschädlich machen. Wir wissen nicht mal, wie sie gezündet wird. Vielleicht kann Lukas sie jederzeit hochgehen lassen, wenn er sich in die Enge getrieben fühlt.«

»Aber wir wissen doch gar nicht, ob er wirklich eine gebaut hat!«, wandte Trude zaghaft ein. »Wieso bist du denn da so sicher?«

»Mein linkes Ohr juckt.«

»Ah. Tut es das immer, wenn Bomben in der Nähe sind?«

Nelli merkte es überhaupt nicht, wenn Trude sarkastisch wurde. »Er weiß, dass wir ihm auf der Spur sind. Er hat mich ja schon gesehen, wie ich Bertwin in die Mangel genommen hab.«

»Aber mich nicht«, wandte Trude stolz ein.

»Trude, du hast ein Messer nach ihm geworfen. Ich glaube, er *weiß*, dass du das warst. Du bist hier die einzige Messerwerferin.«

»Aber …«

»Kein Wort, Trude, hörst du? Du bringst uns alle in noch größere Gefahr.«

Trude dachte bei sich, dass sie ja nun sowieso schon in tödlicher Gefahr wären; aber vielleicht sollte sie sich einfach auf Nelli verlassen, wie sie das immer tat. Ja, das wäre wahrscheinlich die beste Lösung.

»Aber was machen wir dann?«, seufzte sie leise.

»Erst mal raus hier.«

»Oh ja.« Trude schauderte. »Wenn uns Lukas erwischt …«

»Pah, der ist beschäftigt. Der muss Doppelschach mit meiner Familie spielen.« Nelli kicherte leise, tapste hinüber zur Tür und öffnete sie.

Draußen stand Lukas. Und als er sie sah, verdunkelte sich sein Gesicht.

Trude stockte der Atem. Jetzt hatte ihr letztes Stündlein geschlagen, da war sie sicher. Lukas füllte den ganzen Türrahmen und knirschte wütend mit den Mandibeln.

»Was macht ihr denn hier?!«

Aber das war nicht Lukas' Stimme, sondern Woimicks. Woimick, winzig, wie er war, flog vor Lukas her. Erbost surrte er auf Nelli zu und flog ihr um die Ohren. »Raus hier, sofort! Spinnt ihr, einfach im Wagen fremder Leute herumzustreunen?«

Trude wollte etwas sagen, aber ihre Kehle war wie ausgetrocknet. War jetzt alles noch schlimmer, weil Woimick da war, oder besser, weil Lukas ihnen nicht den Hals umdrehen konnte? War Lukas nun schon in die Enge getrieben, wie Nelli gesagt hatte? Oder musste er sich benehmen, um sein Spiel weiterzuspielen?

Nelli guckte Hilfe suchend zu Trude hin, wie sie das immer tat, wenn ihr keine Ausrede einfiel. »Wir … äh …«

»Wir haben die Toilette gesucht«, piepste Trude.

»Und da seid ihr in meinen Wagen gegangen?«, röhrte Lukas. »Riecht's hier wie in der Toilette, oder was?!«

»Ja«, sagte Nelli und nickte.

»Raus hier!«, herrschte Woimick sie an. »Abmarsch! Ihr beiden treibt euch ständig draußen rum, missachtet alle Vorsichtsregeln und seid auch noch frech!«

»Ich finde, Hausarrest haben sie sich jetzt redlich verdient«, knurrte Lukas und verschränkte das oberste Beinpaar. »Verschärften Hausarrest. Am besten festgebunden am Ofen!«

»Guter Vorschlag!« Woimick kniff seine kleinen roten Augen zusammen. »Ihr beiden geht in euren verdammten Wagen und bleibt da, verstanden?«

»Hausarrest? Das kannst du mit deinen Kindern machen, aber nicht mit uns«, widersprach Trude hitzig.

»Wenn ich noch einen von euch draußen sehe, lasse ich einen Riegel vor eure Wagentür nageln«, drohte Woimick.

»Pah«, fauchte Nelli dem kleinen Woimick ins Gesicht, dass dieser zurückgeblasen wurde, »vor den Nirgendwohnern Angst haben, aber uns anpöbeln, *das* kannst du!«

»Raus!!«, brüllte Lukas, und Nelli und Trude schoben sich an ihm vorbei, so schnell sie konnten. Trude schlug das Herz bis zum Hals.

Draußen stand Mystia in der Arena, die Nase himmelwärts, die Arme ausgebreitet.

Woimick vergaß für einen Moment seinen Zorn und schwirrte um sie herum. »Und, Mystia? Findest du die Verbindung zu den Nirgendwohnern?«

»Ja«, erwiderte Mystia mit flatternder Stimme, »ich kann sie fühlen.«

»Dann kann es losgehen«, rief Woimick erleichtert aus, und Lukas (der Nelli und Trude vor sich hertrieb) nickte optimistisch.

»Was macht Mystia denn?«, flüsterte Nelli.

»Ich stelle eine Verbindung zu den Nirgendwohnern her«, waberte Mystia. »Wir müssen ihnen klarmachen, dass wir nicht ihre Feinde sind. Wir alle müssen daran mitarbeiten und unser spirituelles Bewusstsein auf positive Energien konzentrieren!«

Trude und Nelli schauten sich an, und Woimick rief laut: »He! Kommt alle her! – Los, Lukas, hol alle aus ihren Wagen. Wir machen eine Séance, genau wie Mystia es vorgeschlagen hat.«

»Eine was?«, fragte Trude.

»Eine Geisterbeschwörung, eine spiritistische Sitzung«, antwortete Woimick unwirsch. »Exzellente Idee von Mystia. Endlich mal jemand, dem etwas Vernünftiges einfällt.«

»Ich fühle mich schon ganz spirituell«, sagte Trude, weil sie die Chance witterte, wieder besseren Wind zu machen.

»Nix da!« Woimicks Miene verfinsterte sich. »Ihr zwei Strolche und Tunichtgute geht in euren Wagen und da bleibt ihr. Oder, Mystia? Brauchst du die beiden für deine Séance?«

»Oh nein, die Nirgendwohner sagen, sie sind völlig unnötig«, richtete Mystia aus.

»Mehr noch«, knurrte Lukas, »mit ihrer negativen Energie und ihrer Heimlichtuerei verschlechtern sie bestimmt den Kontakt. Ich würde sie einfach einsperren und den Schlüssel wegwerfen.«

»Ach ja, apropos Schlüssel … mein Tresorschlüssel.« Woimick seufzte. »Hat ihn irgendjemand gefunden? Nein? Na ja, irgendwann muss er ja wiederauftauchen.«

»Bestimmt, Chef«, tröstete ihn Lukas.

»Und die beiden Störenfriede da gehen jetzt in ihren Wagen«, blaffte Woimick in Trudes und Nellis Richtung. »Bröllhuber, du kommst mir grade recht. Du und Lukas, ihr bringt die zwei in ihre Bude und da bleiben sie auch.«

Lukas machte schon Anstalten, sie abzuführen, da stemmte Nelli ihre Hinterfüße in den Boden.

»Ich muss aufs Klo!«

»Ich auch«, quiekte Trude. »Furchtbar dringend!«

Lukas wollte das ignorieren, aber Woimick rollte mit den Augen. »Na schön. Einmal aufs Klo. Fünf Minuten habt ihr. Dann geht ihr in den Wagen und ich will euch nicht mehr sehen, klar?«

»Klar wie Schweinskopfsülze«, krächzte Nelli und zog Trude am Handgelenk weg.

Kaum waren sie zwischen den nächsten zwei Wagen verschwunden, fing Trude an, an Nelli zu zerren. »Sie werden uns einsperren und was sollen wir dann tun, Nelli?«, wimmerte sie, so leise sie konnte.

»Mystia hat diese alberne Séance vorgeschlagen, also wird währenddessen etwas Wichtiges passieren. Wir müssen dabei sein. Wir müssen wissen, was sie planen!« Nelli klopfte mit der Pfote auf den Boden. »Und die Bombe suchen müssen wir auch. Aber Woimick, der Idiot, lässt uns nicht. Verdammt!«

»Kläri, Mariechen und Lotte«, flüsterte Trude aufgeregt. »Keiner weiß, dass sie eingeweiht sind. Die können zur Geisterbeschwörung und uns alles erzählen!«

Nelli nickte. »Los, komm, wir gehen rüber zu ihnen.«

Sie stolperten zweimal um die Ecke, bis zur Tür der drei Cousinen. Trude klopfte leise.

»Macht auf«, raunte sie. Aber es kam keine Antwort.

»Wahrscheinlich pennen sie wieder«, zischte Nelli ärgerlich.

Jetzt war nicht die Zeit für Höflichkeit. Trude drückte den Riegel runter und ließ sich selbst hinein und Nelli schob sich hinter ihr in den Wagen. Der größte Teil des Fußbodens wurde von einem riesigen Bett mit Dutzenden von verschlissenen Kissen eingenommen. Daneben lag ein Schachbrett mit Spielsteinen. Und auf dem Bett lagen die drei Zwergschläfermädchen in einem großen Knäuel und waren völlig still.

»Wieso pennen diese drei Nichtsnutze denn jetzt?«, ärgerte sich Nelli.

Trude hatte plötzlich ein komisches Gefühl. »Nelli«, flüsterte sie, »sie fiepen nicht im Schlaf. Sie schnarchen nicht mal!«

Nelli krabbelte auf das Bett und rüttelte eine der drei. »He, wacht auf! He!«

»Hat Lukas sie vergiftet?«, fragte Trude bang.

»Sie sind ganz kalt«, zischte Nelli zwischen den Zähnen hervor. »Wenn ihnen jemand irgendwas getan hat, dann … dann … na warte! Wacht auf!! He! Kläri! Sag was!!«

Trude hielt die Laterne hoch. Nelli rüttelte die anderen beiden, kniff sie in die Ohren und knuffte sie. »Verdammt noch mal«, japste sie, »wacht endlich auf!« Trude hatte Nelli noch nie so ängstlich gesehen. »Verdammt!«

Wenn sogar Nelli Angst bekam, dann musste es wohl schlimm sein. Trude biss sich auf die Lippe. Was, wenn die drei tatsächlich … oh nein, sie wollte gar nicht daran denken!

Nelli versuchte, Lotte hochzuziehen, aber die war kalt und steif wie ein Brett. »Lotte!!«, schluchzte sie.

»Vor einer halben Stunde waren sie doch noch putzmunter«, wimmerte Trude. »Und jetzt … Nelli, ist das … ist das eine Totenstarre?«

Nellis Blick wurde glasig, so als würde sie Trude gar nicht sehen. Dann ließ sie Lotte fallen. »Nee«, sagte sie verblüfft, »nee, bis zur Totenstarre dauert's viel länger. Oh, Trude!« Sie plumpste auf das Bett und streckte eine Kralle aus. Trude folgte dem Fingerzeig und sah neben sich ein Thermometer an der Wand hängen.

»Vier Grad«, las sie ab.

»Es ist so kalt, dass sie in Torpor gefallen sind«, seufzte Nelli. »Kältestarre.«

Trude atmete auf. »Sie sind nur in Kältestarre?«

»Genau. Was sind wir für dumme Hühner! Wir können gar nicht mehr richtig denken.« Nelli zupfte an ihrer Strickjacke.

Ohne die, dachte Trude, wäre Nelli vielleicht auch schon vor Kälte eingeschlafen. »Lukas hat die Ölheizung ausgeschaltet, der miese Gauner, und sie haben es nicht gemerkt und sind einfach weggepennt!«

»Und wann wachen sie wieder auf?«

»Wenn es wärmer wird. Aber«, und hier hob Nelli die Pfote, »das heißt leider, dass sie nicht für uns zu dem Treffen gehen können.«

»Und jetzt?«

»Werfen wir die Heizung auf Volltouren an.« Nelli machte sich am Regler zu schaffen. »Trude, schreib einen Zettel: Lukas hat eine Bombe gelegt. Sucht sie, Ausrufezeichen. Macht sie unschädlich, wenn möglich, Ausrufezeichen. Werft sie vom Zeppelin oder so was, liebe Grüße. PS: Unser aller Leben hängt davon ab!«

Trude, die gerade erst einen Bleistift gefunden hatte, kritzelte sofort drauflos. Den Zettel leckte sie an und klebte ihn Lotte an den Kopf. Dort würden ihn die anderen schnell sehen.

»Und jetzt?«, fragte sie.

Nelli lugte zum Fenster hinaus. »Ich weiß nicht. Ich weiß gerade wirklich nicht, was wir jetzt machen sollen.«

Sie wieselten zur Toilette, so schnell sie konnten. Als sie aus dem Gang wieder in den Bauch des Zeppelins zurückkamen, warteten dort schon Lukas und Bröllhuber. Beide sahen sehr verärgert aus.

»Woimick hat gesagt, fünf Minuten«, quakte Bröllhuber. »Das waren mal mindestens zehn!«

»Du willst gar keine Details hören«, erwiderte Nelli lässig.

Lukas schubste sie wütend. »Los jetzt, in euren Wagen!«

Und so wurden Nelli und Trude abgeführt. Man stieß sie unsanft in ihre Behausung, und Lukas knurrte gefährlich: »Bildet euch bloß nicht ein, dass ihr rausschleichen könnt. Ich hab die Tür von der Manege aus ganz genau im Blick.«

Dann knallte er die Tür zu.

Nelli ließ sich auf die Küchenbank fallen. »Oh, Trude. Was jetzt?«

»Erst einmal neuen Kaffee kochen?«, schlug Trude vor.

»Gute Idee. Wir müssen wach bleiben!« Nelli gähnte, verzog das Gesicht und schüttelte sich. Sie drehte sich um und presste die Pfoten gegen die Fensterscheibe. »Da draußen steht Woimick und er hat seinen schicksten Samtfrack an. Du meine Güte, will er den Nirgendwohnern imponieren?«

Trude mahlte den Kaffee und grübelte dabei. »Wir können uns nicht mal anschleichen, weil die Séance mitten in der Arena stattfindet.«

»Wir bräuchten einen Tarnmantel oder so was«, knirschte Nelli.

»Die gibt es nur im Märchen«, hielt Trude dagegen.

»Ich weiß.«

Trude dachte nach und hörte auf zu kurbeln. »Da fällt mir etwas ein. Wie wäre es mit Tigerbraun? Ich hab ein bisschen Tigerbraun in meinen Sachen!«

Mit geröteten Augen schaute Nelli auf. »Tigerbraun? Was ist denn das?«

Trude ging zu ihrem Regal. »Das ist in meinem Alchemiebaukasten«, erklärte sie. »Den hab ich zum Geburtstag gekriegt, als ich sechs geworden bin.« Sie räumte einige Bücher und Kästchen aus dem Regal und förderte dann einen bedruckten Pappkarton zutage. »Aber ich hab ihn noch nie benutzt.«

Nelli starrte auf den Kasten. »*Küchentricks für kleine Alchemisten*«, las sie ab.

»Ich weiß bloß nicht, ob es funktioniert«, setzte Trude hinzu. »Ich weiß ja gar nicht, ob Tigerbraun überhaupt funktionieren kann!«

»Du hast meine Frage noch nicht beantwortet«, erwiderte Nelli streng. »Was zum Teufel ist das für ein Zeug? Und was tut es angeblich?«

Trude warf die Stirn in Dackelfalten. Es war gar nicht so leicht, etwas zu erklären, was man selbst nicht genau wusste. »Du weißt doch … wie ein Tiger im Urwald, verstehst du? Ein Tiger ist orange und schwarz, und der Urwald ist grün, aber trotzdem ist der Tiger getarnt.«

»Wäre es nicht sinnvoller, wenn der Tiger grün wäre?«, fragte Nelli.

»Genau! Ist er aber nicht.« Trude hoffte sehr, dass Nelli nicht zu detailliert nachbohren würde. »Tigerbraun hat eine magische Komponente, in der das Prinzip der Tigertarnung eingefangen worden ist. Also … man kann unsichtbar sein, obwohl man überhaupt nicht getarnt ist. Man … ich glaube, man fällt einfach nur nicht auf, außer jemand weiß, dass man da ist.«

»Wieso hab ich noch nie davon gehört?« Nelli öffnete den Kasten und beschnüffelte die kleinen Glaskolben und Röhren. »Das ist ja fantastisch!«

»Weil es schon lange nicht mehr frei verkäuflich ist«, erklärte Trude. »Als wir noch klein waren, ist es verboten worden. Weil Leute angefangen haben, getarnt Ladendiebstähle zu begehen und solche Sachen.«

Nelli lachte sich ins Fäustchen. »Genial. Gut, dass du das Zeug noch nicht benutzt hast.«

»Ich hab den Kasten überhaupt noch nie benutzt«, sagte Trude traurig. »Meine Eltern hatten keine Zeit, um mit mir zu spielen.«

»Perfekt«, freute sich Nelli. »Jetzt darfst *du* damit spielen. Hopp, wir haben keine Zeit zu verlieren!«

»Erst müssen wir es herstellen, Nelli.« Trude nahm den Kasten wieder an sich und holte das Anleitungsbüchlein heraus. »Es ist ja ein Alchemiebaukasten.« Sie blätterte durch das Heft. »Ah, hier steht es!«

»Sag mir einfach, was wir für Geräte brauchen.« Nelli hatte schon angefangen, den Kasten auszuräumen und die Glaskolben zu sortieren.

»Herstellung von Tigerbraun«, las Trude vor. *»Werde unsichtbar und erschrecke deine Familie! Schritt eins: Trenne diese Seite aus dem Heft heraus. Das Tigerbraun ist in der Tinte enthalten, mit der dieses Blatt bedruckt ist.«* Sie legte das Heft auf den Tisch und riss die Seite sorgfältig aus.

Nelli klimperte mit den Glasröhren.

»Nun nimm einen Teelöffel Kurkuma, einen Teelöffel Schokolade, einen Esslöffel Kokosfett, einen Esslöffel gemahlenen Mohn und vier Esslöffel Essig aus der Küche und vermische sie sorgfältig«, las Trude ab.

Bevor sie mit dem Satz fertig war, hatte Nelli schon eifrig begonnen, Mohn zu mörsern.

»Verbrenne diese Seite in einem alten Teller«, fuhr Trude fort. *»Lass dir dabei von einem Erwachsenen helfen. Danach musst du die Asche in die Kokosfett-Masse einrühren und fünf Minuten auf dem Herd kochen. Zum Schluss ist nur noch ein braunes Pulver übrig, das dich für etwa eine Stunde unsichtbar macht. Viel Spaß!«*

Nelli stellte einen gesprungenen Teller auf den Tisch. »Also los«, sagte sie und rieb sich die Pfoten. »Aber wir haben nur einen Versuch, also darf es nicht schiefgehen. Und wir dürfen nichts verschütten. Haben wir alle Zutaten beisammen? Dann her mit der Seite!«

Trude reichte ihr die Seite. Nelli schnappte sie und setzte sie in Brand.

»Sehr schön«, murmelte sie, während die Asche auf den Teller rieselte. Als das Feuer fast ihre Krallen erreicht hatte, ließ sie den letzten Rest in den Teller fallen und schaute zu, wie er sich bog und zerfiel.

»Es reicht bestimmt für uns beide«, sagte Trude hoffnungsvoll.

»Nee, besser gehen wir auf Nummer sicher und verteilen das alles auf dich«, sagte Nelli. Sie nahm den Teller, schüttelte die Asche sorgfältig in eine Pfanne und begann, die anderen Zutaten hinzuzufügen.

Trude hatte keine Lust, ganz allein zu gehen. Was, wenn man sie erwischte? »Ich schleiche mich an, deine Cousinen suchen die Bombe – und was machst du?«

»*Ich* denke nach«, sagte Nelli, verschränkte die Pfoten überm Bauch und lächelte wie ein Engelchen.

8. Kapitel

Trude geht ein Licht auf

Über und über mit grauem Pulver bedeckt, stand Trude vor dem Küchentisch.

»Verrückt.« Nelli starrte sie verblüfft an. »Wenn ich nicht wüsste, dass du da bist, würde ich dich gar nicht sehen.« Sie bewegte den Kopf schnell von rechts nach links. »Wenn man nur flüchtig hinschaut, bist du weg.«

»Dann funktioniert es?« Trude schaute an sich herunter und fand plötzlich, dass ihr Pullunder eine ganz ähnliche Farbe hatte wie der Boden – dabei war er eigentlich dunkelgelb.

»Es funktioniert großartig. Und jetzt los, wir haben nicht viel Zeit.« Nelli scheuchte Trude zur Tür und drückte die Klinke runter.

Kaum war die Tür einen Spalt weit offen, erklang von draußen Lukas' Grollen. »Ich warne euch! Wagt es ja nicht rauszukommen! Ihr seid unter Arrest!«

Lukas stand in der Manege, drohend das Geweih in Richtung des Wagens erhoben. Hinter ihm standen schon ein paar andere Zirkusmitglieder herum und versuchten unbeholfen, einen Kreis zu formen. Bertwin schob das Tischchen mit dem Grammofon heran. Er sah die offene Tür und Nelli dahinter (durch Trude schaute er vollkommen hindurch) und dann wandte er den Blick schnell zu Boden.

Nelli öffnete die Tür ganz und schubste Trude über die Schwelle. »Los«, flüsterte sie, »raus!«

Trude stolperte hinaus und fiel fast über die oberste Treppenstufe. Warum immer ich?, dachte sie. Warum macht sie das nicht selber?

Die Tür schlug hinter ihr zu. Lukas knurrte zufrieden, dann wandte er sich ab. Mit klopfendem Herzen schlich Trude die Treppe hinunter. Er sieht mich wirklich nicht, dachte sie. Unglaublich!

Sie drückte sich zuerst in den Schatten des Wagens und beobachtete. Langsam trudelten die Zirkusmitglieder ein. Sie trugen alle ihre besten Sonntagskleider. Frangipani hatte sich sogar eine Fliege gebunden und Lukas' Geweih war auf Hochglanz poliert. Alle waren da, sogar Hilde, die noch sehr wackelig auf den Beinen stand. Nur Nellis drei Cousinen fehlten.

Trude wurde etwas mutiger und tappte auf Zehenspitzen näher. Zwar sah sie niemand, aber sie hatte trotzdem das Gefühl, sich verstecken zu müssen. Also stellte sie sich neben das Grammofontischchen. Das ging ihr nur bis zum Bauch, aber alles war besser, als frei auf weiter Flur zu stehen. Hier konnte sie auch niemand umrennen!

Woimick flog nervös herum. »Sind alle da? Nein? Wer fehlt? Oh, diese drei Verrückten.«

Lukas hob den Vorderfuß. »Sie schlafen tief und fest. Ich hab eben noch nach ihnen gesehen.«

»Na, dann lassen wir sie schlafen«, sagte Woimick mit einer wegwerfenden Bewegung. »Die würden die Beschwörung eh nur durcheinanderbringen, weil sie sich alle fünf Minuten an die Gurgel gehen. Danke, Lukas. Das war sehr fürsorglich von dir.«

»Ich glaube«, sagte Lukas, »ich schaue besser auch noch mal nach Beppo.«

»Oh ja, mach das«, sagte Woimick zerstreut. »Oder, Mystia?«

»Ja, das wird die kosmischen Strömungen nicht stören«, bestätigte Mystia wichtig, und Trude merkte, dass sie Mystia eigentlich immer schon ziemlich blöd gefunden hatte. Woimick nickte zufrieden und Lukas trollte sich.

»Legt die Musik auf«, befahl Woimick, und Mystia holte aus den Falten ihres violetten Gewandes eine Schellackplatte. Bertwin nahm sie mit zitternden Fingern und kam zum Grammofon. Trude wich erschrocken zurück, aber Bertwin sah sie überhaupt nicht. Er schaute nur auf die Platte, legte sie auf und machte ein Gesicht, als hätte er Bauchschmerzen. Dann kurbelte er das Grammofon an und legte die Nadel auf. Knacken ertönte, und nun durchdrang ein Wimmern und Wabern den Raum, das Trude nie im Leben als Musik bezeichnet hätte.

»So, und jetzt müsst ihr einen Kreis um mich bilden«, verkündete Mystia. Erwartungsvoll tappten die Artisten umeinander herum, bis sich eine vage eierförmige Kette bildete. »Alle müssen sich an die Hände nehmen.«

»Und was ist mit mir?«, fragte Frangipani bange.

Für eine Sekunde war Mystia irritiert, aber sie tat schnell so, als hätte sie damit gerechnet. »Du kommst zu mir in den Kreis. Schlangen sind ganz besondere Wesen, die eine starke Verbindung zum Übernatürlichen besitzen. Eben *weil* sie keine Arme und Beine haben.« (Einige andere Artisten, die Arme und Beine hatten, schauten enttäuscht drein.)

Alle außer Frangipani ergriffen die Hände (beziehungsweise Vorderfüße) ihrer Nachbarn.

Das Grammofon waberte. Mystia schloss die Augen. Eine Weile lang waren alle still, dann begann Mystia mit verklärter Stimme die Geisterbeschwörung.

»Nirgendwohner, ich rufe euch!« Und dann noch einmal: »Nirgendwohner, ich rufe euch und bitte um Gehör!«

Man hätte eine Stecknadel fallen hören können, wäre die Musik nicht gewesen. Keiner der Artisten wagte zu atmen, und Trude sowieso nicht. Habe ich ein Glück, dass Mystia überhaupt nicht hellsehen kann, dachte sie. Da spuckt sie große Töne und macht sich wichtig und weiß nicht, dass ein paar Schritte entfernt jemand mit einer dünnen, albernen Tigerbraun-Tarnung steht!

Mystia schnappte nach Luft und die Artisten gleich darauf ebenfalls.

»Hat sie eine Verbindung?«, flüsterte Frau Bröllhuber, aber ihr Mann sagte nur ängstlich: »Pscht!«

»Nirgendwohner«, hob Mystia an, »hört mir zu! Ich bitte euch um Gnade für das Schicksal meiner Freunde.«

Woimicks Flügel zitterten vor Spannung. »Was wollen sie denn von uns? Frag sie!«, summte er aufgeregt.

Da öffnete Mystia die Augen und schaute starr geradeaus, direkt auf Trude. Aber sie schaute komplett durch Trude hindurch. »Wir sind in ihr Gebiet eingedrungen«, erklärte sie leise.

Ein Raunen ging durch den Kreis.

»Und sie wollen, dass du aufhörst, auf und ab zu flattern«, wisperte Mystia Woimick aus dem Mundwinkel zu, »denn das macht sie nervös. Am besten stellst du dich dorthin. Dort sind die kosmischen Strömungen am stärksten.«

Sie deutete auf einen Platz zwischen Rembert und Hilde.

Woimick plumpste zu Boden wie eine reife Pflaume. »Erklär ihnen, dass wir nichts Böses wollen und gern wieder verschwinden«, drängte er.

Mystia schloss erneut die Augen. »Verehrte Nirgendwohner«, sprach sie, »wir sind nur harmlose Artisten und möchten nichts sehnlicher, als friedlich unserer Wege zu ziehen. Wir bitten um Verzeihung, dass wir euch gestört haben.«

Die Bröllhubers nickten synchron, und Coccinellus' Käferknie zitterten so sehr, dass sie klackernd aneinanderschlugen. Mystia legte den Kopf zur Seite, als würde sie auf eine Antwort horchen. Ab und zu nickte sie verständig, und nach einer kleinen Ewigkeit – die Artisten warteten atemlos – schlug sie die Augen wieder auf.

»Die Nirgendwohner«, erklärte sie mit entrückter Stimme, »wollen uns nichts Böses. Im Gegenteil.«

»Aber warum haben sie uns denn dann ins Nirgendwo eingefangen?«, wimmerte Sägebrecht. »So was passiert doch anderen Leuten nicht.«

»Das lag an der magischen Energie dieser Nacht«, erklärte Mystia. »In normalen Nächten sind die Tore zum Nirgendwo verschlossen, aber heute ist Neumond, da können solche Grenzen überschritten werden.«

Rembert, der hinter Woimick stand, zuckte bei dem Wort »Neumond« zusammen und bedeutete Mystia mit winzigen Winke-Gesten, dass sie mit dem Thema aufhören sollte. Trude hätte gekichert, wenn sie nicht so wütend gewesen wäre.

»Jedenfalls«, fuhr Mystia schnell fort, »haben sie uns ins Nirgendwo geholt, um uns das zu geben, wovon sie glaubten, dass wir es uns wünschen: die magischen Kräfte, die wir sonst nur vorspielen. Deshalb kann ich jetzt auch mit ihnen sprechen«, setzte sie erhaben hinzu.

»Sag ihnen, sie sollen ihre Kräfte zurücknehmen«, drängelte Coccinellus entsetzt. »Wir wollen sie nicht haben!«

»Ksssst!«, fuhr ihn Frangipani an.

Mystia schloss die Augen und reichte die Bitte weiter. Nach einigen Sekunden antwortete sie ihrer gespannten Zuhörerschaft: »Das ist nicht so einfach, sagen die Nirgendwohner. Wir müssen selbst etwas dafür tun. Dann wird nicht nur alles wieder normal, sondern wir kommen auch aus dem Nirgendwo frei.«

»Ja?«, fragte Woimick eifrig. »Und was denn?«

Trude hörte leises Getrappel von rechts. Zwischen den Wagen kam Lukas hervor, auf den Hinterbeinen. Unter einem Vorderbein hatte er den großen roten Medizinball, auf dem er manchmal balancierte, wenn er seine Gewichte hob. Darin steckte eine Nadel mit einem dicken Faden dran. Wortlos gesellte er sich zu den anderen, stellte sich direkt hinter Rembert und flüsterte: »Hab ich was verpasst?«

»Wofür hast du denn den Ball mitgebracht?«, wisperte Irmfriede neugierig.

»Oh, die Naht ist aufgegangen«, raunte Lukas. »Hier, siehst du? Das Sägemehl quillt schon raus. Ich flicke sie schnell, bevor das Loch noch größer wird.« Und er begann, ruhig die Nadel durch das Leder zu ziehen, während er andächtig Mystia lauschte.

Mystia wartete, bis es still war, bevor sie antwortete. »Sie erklären es mir nicht genau. Aber sie sagen: Alles, was ihr sucht, wird im Schlaf zu euch kommen.«

»Im Schlaf?«, fragte Woimick ungläubig.

»Ja!«, rief Herr Bröllhuber erleichtert. »Wir müssen uns nur hinlegen und schlafen, und wenn wir wieder aufwachen, ist alles normal!«

»So hat es ja auch angefangen«, erklärte Rembert ganz selbstverständlich. »Wir haben uns hingelegt und nach dem Aufwachen waren wir im Nirgendwo. Es ist nur logisch: Wir schlafen noch mal, dann ist alles wieder wie früher. Warum sind wir nur nicht gleich darauf gekommen?«

Währenddessen sah Trude etwas ganz Unsägliches: Hinter dem Rücken der anderen Artisten steckte Lukas Rembert etwas in die Tasche seines Jacketts. Diese Dreckskerle! Trude hatte Lust, zu Rembert zu gehen und einfach einen Blick in seine Tasche zu riskieren. Aber sie traute sich nicht. Immerhin war sie nicht unsichtbar, sondern nur getarnt. Wenn Rembert neugierige Finger an seiner Tasche fühlte, dann würde er sich umdrehen und *erwarten*, dass dort jemand stand. Tigerbraun schützte schließlich nur, solange niemand ahnte, dass man da war.

»Sie sagen«, sprach Mystia, »dass verständige Seelen unter uns sind, die sich ganz für das Gespräch mit ihnen geöffnet haben, und dafür danken sie uns. Sie werden ihr Möglichstes tun, damit wir bald frei sind.«

»Dann gehen wir jetzt alle in unsere Wagen und schlafen, so schnell wir können«, rief Woimick begeistert und klatschte sich unternehmungslustig auf die Seite. Da stutzte er und tatschte mit dem Vorderbein noch einmal auf der Stelle herum. Und dann langte er in die Tasche und zog einen blanken silbernen Schlüssel hervor.

»He«, rief er erstaunt aus, »da ist ja mein Tresorschlüssel!«

»Oh«, rief Lukas begeistert. »Er ist wieder da!«

»Ich hatte ihn gar nicht verloren, er war nur in meiner anderen Westentasche«, sagte Woimick, und dann fing er an, sich zu schämen. »Was bin ich für ein Dussel! Ich glaube, ich werde langsam tüddelig.«

»Oh, auch das soll ich dir ausrichten«, warf Mystia wichtig ein. »Alles, was wir suchen, tragen wir bereits bei uns. Nicht nur deinen Schlüssel, sondern auch alles, was wir zu unserer Rettung brauchen.«

»Oh, vielen Dank, liebe Nirgendwohner!«, rief Woimick und drückte den Schlüssel an sich. Dann erinnerte er sich, dass er ja eine Übersetzerin hatte, und bat Mystia: »Richte ihnen das bitte aus, ja? Schönen Dank an die Nirgendwohner und wir sind ihnen auch gar nicht mehr böse.«

»Das werde ich ausrichten«, versprach Mystia. »Und jetzt wünschen die Nirgendwohner euch Gute Nacht.«

»Habt ihr gehört?«, rief Woimick und surrte aufgeregt vom Boden hoch. »Alle Mann ins Bett! Hopp, hopp!«

Der Kreis löste sich auf. Einige Artisten hasteten sofort davon, ein paar andere blieben zögernd stehen. Woimick scheuchte auch sie davon, und wer nicht schnell genug war, den schob er noch von hinten an.

Trude war eine Sekunde lang unschlüssig, was sie nun tun sollte. Aber dann sah sie, wie Rembert und Lukas zusammen verschwanden – und zwar zu Lukas' Wagen.

Na schön, dachte Trude. Hier passiert wohl gleich noch etwas.

Und deshalb hastete sie den beiden hinterher. Hinter Lukas' Wagen, wo es dunkel war und man sie nicht so gut sehen konnte, blieben sie stehen. Trude lehnte sich lässig an die Wagenwand, direkt neben den beiden – aber sie war ja gut getarnt.

»Wo bleibt sie denn, die Trantüte«, wisperte Rembert nervös.

»Woimick wollte noch irgendwas von ihr«, zischelte Lukas zurück.

Die beiden standen in der Dunkelheit und scharrten ungeduldig mit den Füßen. Aber dann kam Mystia angetappt. »Da bin ich«, flüsterte sie.

»Ja, offensichtlich«, gab Lukas ungehalten zurück. »Läuft alles glatt?«

»Er schluckt die Geschichte, als wär es Apfelsaft«, kicherte Mystia. »Und die anderen auch. Diese abergläubischen Trottel!«

»Wie geht es weiter?«, warf Rembert ein. »Wann türmen wir?«

Lukas zog seine Taschenuhr unter der Flügeldecke hervor und schaute drauf. »Wenn es noch dunkel ist, aber ganz kurz vor Sonnenaufgang«, sagte er. »Damit wir unseren Fluchtweg auch sehen, sonst sind wir da draußen verloren. Sechs Uhr ist ideal.«

»Und du kannst uns beide tragen?«, bohrte Mystia nach. »Und die Beute auch?«

»Stärkster Käfer der Welt«, sagte Lukas lässig.

»Also um sechs Uhr«, murmelte Rembert. »Uhrenvergleich!«

Alle drei verglichen ihre Taschenuhren und stellten sie auf dieselbe Zeit.

»Gut. Also bis sechs«, raunte Rembert. »Oh, wie ich mich darauf freue, aus diesem lausigen kleinen Zirkus wegzukommen!«

»Wird geschehen«, schnaubte Lukas. »Keinen einzigen Tag wirst du mehr in diesem Zirkus durchleben müssen!«

Die Art, wie er das sagte, gefiel Trude überhaupt nicht.

Mystia und Rembert huschten in Richtung ihrer Wagen davon. Lukas kletterte die Stufen zu seinem Wagen hinauf und schlug die Tür hinter sich zu. Trude stand allein im Dunkeln, während in der Manege das Grammofon langsamer wurde und schließlich ganz verstummte, mitten im Musikstück. Nun blieb nur noch eins zu tun: zurück zu Nelli und Bericht erstatten!

Als sie die Tür öffnete, schlug ihr eine Dampfwolke entgegen. Trude schnupperte und der Duft kam ihr unangenehm bekannt vor. Der Wagen war dunkel, die Gaslampe heruntergedreht. Mitten auf dem Fußboden saß Nelli im Schneidersitz und starrte in weite Ferne. Vor sich hatte sie eine große Wasserpfeife und neben sich einen Eimer.

»Nelli!« Trude stellte die Laterne ab und drehte das Licht wieder hoch. »Ist das etwa Valmü[**]?!«

Nelli, die das Mundstück der Pfeife noch in der Pfote hatte, starrte still vor sich hin.

Trude fühlte eine richtige Wut in sich aufsteigen. »Du hast mir versprochen, dass du kein Valmü mehr rauchst!«, fuhr sie Nelli an, aber die starrte völlig durch sie hindurch.

Trude war so außer sich, dass sie gar nicht wusste, was sie tun sollte. Sie hatte ihre Haut riskiert und Ängste ausgestanden und Nelli hatte inzwischen Drogen genommen! Vor Wut zitterte Trude am ganzen Körper. Da fiel ihr Blick auf den Eimer,

** Professor Grätzlichs Konversationslexikon *hat unter »Valmü« Folgendes zu sagen: »Eine geruchslose, nahezu geschmacksfreie Flüssigkeit mit erstaunlichen Eigenschaften, die sich sowohl als Schlafmittel als auch als bewusstseinserweiternde Droge einsetzen lässt. Gelangt sie durch Inhalation in den Körper, erzeugt sie ein sogenanntes Fünfuhrkoma, einen Zustand ausgesprochener geistiger Klarheit, in dem man durch das Hintergrundrauschen des eigenen Geistes nicht mehr vom Denken abgelenkt werden kann.«*

und sie sah, dass ein Zettel daran klebte. Trude pflückte ihn ab und las:

Bitte direkt nach Rückkehr benutzen!

Trude nahm den Eimer und kippte ihn über Nellis Kopf aus.

Nelli zuckte, schüttelte sich und quäkte: »Ich bin wach! Ich bin wach, ehrlich!«

»Du gemeines Miststück!«, rief Trude unter Tränen. »Du nichtsnutziger Räucherhering!«

»Beruhig dich, es war nur ein ganz kleines Schnapsgläschen voll – he!« Nelli versuchte, ihre Wasserpfeife festzuhalten, aber Trude war stärker. Sie riss sie Nelli aus den Händen und warf sie auf den Boden. Natürlich hatte sie gehofft, dass die Pfeife dramatisch zerschellen würde, aber sie blieb ganz. Tabak und Valmü und ein glühendes Stückchen Kohle rollten auf den Fußboden. Zum Glück bekam die Kohle etwas Valmü ab und verlosch zischend.

»Wie führst du dich denn auf?«, rief Nelli empört und sammelte ihre Pfeife wieder ein.

»Du ... du ... du schickst mich weg, damit du heimlich dieses Zeug rauchen kannst!«, klagte Trude.

»Das hilft mir beim Denken«, erwiderte Nelli leidenschaftlich. »Außerdem hab ich es seit Jahren nicht mehr geraucht. Aber heute musste es sein. Wir haben nämlich nicht mehr viel Zeit, um auf geniale Gedanken zu kommen. Ich helfe nur ein bisschen nach.«

»Ich will nicht, dass du endest wie diese Leute, die den ganzen Tag an der Pfeife hängen«, jammerte Trude. »Das Zeug macht süchtig, das weißt du doch!«

»Ich hab seit *Jahren* … ach, vergiss es!«, raunzte Nelli. »Sag mir lieber, was du rausgefunden hast.«

»Nein!«

Da runzelte Nelli die Stirn. »Trude, es geht um unser Leben!«

Trude biss sich auf die Lippe und schwieg.

»Komm schon. Trude. Trudilein. Sag's mir. Was hast du rausgefunden?«

»Nein.«

»Ich hab dich nicht weggeschickt, damit ich ungestört rauchen kann. Das weißt du ganz genau. Ich musste nachdenken, wo Lukas die Bombe gepflanzt hat. Und du hast garantiert was Wichtiges mitbekommen. Komm, erzähl's mir.«

»Nein!!«

Nelli runzelte die Stirn noch ein bisschen mehr und überlegte angestrengt. Soll sie ruhig, dachte Trude rachsüchtig.

»Was muss ich tun, damit du wieder normal wirst?«, fragte Nelli schließlich vorsichtig.

»Nie wieder Valmü anrühren!«, raunzte Trude.

»Ich versprech es. Hoch und heilig.«

»Das hast du letztes Mal auch schon«, schniefte Trude vorwurfsvoll.

Nelli grübelte. »Also schön. Wenn ich das nächste Mal Valmü nehmen will, frag ich dich vorher um Erlaubnis. Hoch und heilig versprochen.«

Trude starrte ein bisschen auf ihre Füße und dachte: Auf die Erlaubnis kann sie lange warten. Und dann sagte sie: »Na gut.« Sie schniefte noch einmal und begann: »Woimicks Safeschlüssel ist wieder da. Er war nur in der anderen Westentasche.«

»Na, so was«, meinte Nelli langsam.

»Und die Nirgendwohner lassen uns gnädigerweise frei,

wenn wir uns nur hinlegen und schlafen. Und wenn der Morgen kommt, sollen wir alle unsere Probleme los sein.«

»Das glaub ich gern. Hast du was Neues über die Bombe rausgefunden? Nein? Na ja, man kann nicht alles haben. Mystia hat ihnen eine tolle Vorführung geboten, nehme ich an?«

»Und wie«, schnaubte Trude und begann sich das Tigerbraun aus den Kleidern zu klopfen. »Sie hat ihnen eine richtige Geschichte erzählt. Die Nirgendwohner wollen uns nur was Gutes tun, indem sie alle Illusionen wahr werden lassen. Und jetzt sollen alle schlafen gehen, dann wird alles wieder gut. So ein Quatsch! Aber eins versteh ich nicht, Nelli.«

»Ja?«

»Wenn Lukas sich das Ganze ausgedacht hat und Mystia vielleicht nur die ganze Sache glaubwürdiger macht, indem sie Dinge voraussagt, die dann tatsächlich eintreten«, überlegte Trude, »wofür brauchen sie dann Rembert? Ich meine, nur damit er sich Blumen in den Hals steckt, oder was?«

»Rembert hat den Taschendieb gemacht und den Safeschlüssel geklaut. Da waren wir uns doch schon einig.«

»Stimmt nicht«, hielt Trude dagegen. »Der Safeschlüssel ist nämlich gar nicht weg gewesen, er war die ganze Zeit in Woimicks anderer Westentasche. Woimick hat ihn eben wiedergefunden.«

Nelli grinste. »Nee. Rembert hat ihn geklaut und später wieder zurück in Woimicks andere Weste gesteckt. Schlau ausgedacht, oder? Lass mich raten – Lukas ist während der Geisterbeschwörung verschwunden und kam dann wieder, richtig?«

Da fiel es Trude wie Schuppen von den Augen. »Das stimmt! Und er hat Rembert etwas zugesteckt. Das war der Schlüssel, nicht?«

»Genau.« Nelli bleckte die Zähne. »Lukas hat während der Geisterbeschwörung die Kasse geleert und dann den Schlüssel wieder zu Rembert gebracht und der hat ihn in Woimicks Tasche getan.«

»Rembert stand bei Woimick«, sagte Trude, und alles wurde viel klarer. »Und deshalb hatte Lukas auch seinen Medizinball dabei, an dem er herumgeflickt hat. Da ist die Beute drin eingenäht!«

»Na also. Siehst du, das Valmü tut seine Wirkung.« Nelli nickte und tippte sich an den Hinterkopf. »Aber das heißt, die Kasse ist schon geleert. Los! Wir müssen sie aufhalten. Jeden Moment können sie sich auf den Weg machen!«

»Nein, tun sie nicht«, erklärte Trude und warf sich ihrer übereifrigen Freundin in den Weg. »Sie wollen erst um sechs Uhr verschwinden, weil es vorher zu dunkel draußen ist.«

Nelli zuckte mit dem Auge. »Hm, ja, das klingt sinnvoll. Keiner von ihnen hat Nachtaugen und durch den Nebel wären sie da draußen verloren. Deswegen sind sie durch die Nacht genauso gefangen hier drinnen wie wir anderen auch. Das nenn ich ausgleichende Gerechtigkeit. Und wir haben bis sechs Uhr Zeit, die Bombe zu finden.«

»Oje«, flüsterte Trude. »Aber wir haben doch Hausarrest und keine Tarnung mehr!«

»Na und?«, schnaubte Nelli. »Wer soll uns denn aufhalten? Es schlafen doch alle. Lukas, Rembert und Mystia dürfen uns nicht erwischen – aber denen müssen wir halt aus dem Weg gehen. Sollte nicht schwer sein. Die stromern bestimmt nicht draußen herum, sondern bleiben in ihren gemütlichen Wagen und packen ihre Sachen.«

»Nicht nur Lukas und Rembert und Mystia könnten uns sehen«, wandte Trude ein. »Auch Bertwin. Der schläft bestimmt nicht.«

»Hm«, machte Nelli. »Stimmt.«

Da hatte Trude eine Idee. »Können wir nicht Bertwin fragen, ob er eine Ahnung hat, wo die Bombe sein könnte?«

»Wenn der wüsste, dass es eine Bombe gibt, würde er niemals bei dem Plan mitspielen«, sagte Nelli nachdenklich. »Der will ja nicht sterben. – Aber du hast recht. Wir sollten ihn uns vorknöpfen, denn er ist das schwächste Glied in der Kette der Eingeweihten. Den kriegen wir weich, wenn wir ihn noch mal in die Mangel nehmen. Und vielleicht verrät er uns ja, an welchen Stellen vom Zeppelin sich Lukas zuletzt aufgehalten hat. Dann haben wir einen Punkt, wo wir nach der Bombe suchen können.«

Bertwin wollte seinen Wagen erst nicht öffnen. Trude klopfte zart an die Tür und wisperte: »Bertwin, wir sind's! Lass uns rein, es ist wichtig!«

Drinnen rumpelte etwas, aber dann wurde es plötzlich still. Bertwin wollte wohl so tun, als wäre er nicht da, aber da war er an die Falschen geraten.

»Bertwin«, zischte Nelli, »du machst sofort die Tür auf. Sonst nehm ich ein Brecheisen und hol dich raus. Und wenn Lukas dann kommt, dann sage ich ihm, dass du uns alles erzählt hast. Und dann kannst du was erleben!«

»Wir wollen nichts Böses«, raunte Trude beruhigend, und endlich wurde der Riegel zurückgeschoben. Bertwin schaute aus der Tür. Er sah aus wie jemand auf dem Weg zum Schafott. Mit einer resignierten Geste bat er die beiden herein.

»Ich war ja noch nie hier drin«, sagte Nelli und schloss die

Tür. »Schön hast du's hier. Oh, schau mal, was für eine interessante Sammlung!« Auf der Fensterbank standen einige Gewichte, wie die Händler sie zum Abwiegen von Lebensmitteln verwendeten. Nelli steuerte direkt darauf zu. »Das hier gefällt mir besonders gut!«

Bertwin runzelte die Stirn, während Nelli ein großes Gewicht hochhob und spielerisch in der Pfote wog. Er wusste ganz genau, dass es ihm jetzt an den Kragen ging, aber er wusste noch nicht wie.

»Guck mal, Trude, hast du schon mal so ein hübsches Gewicht gesehen?«, fragte Nelli und warf das schwere Ding zu Trude hinüber. Die fing es auf und guckte es sich genau an.

»Ganz schön schwer«, sagte sie und dann ließ sie es fallen.

Und Bertwin ließ einen erstickten Schrei los und hielt sich den Fuß.

»Hoppla, was bin ich heute ungeschickt!«, sagte Trude vergnügt. »Deine Stimme wird wieder besser, was, Bertwin?«

Da schlug Bertwin die Hände vor den Mund. Seine Knie knickten ein und er fiel mit dem Hintern auf sein Bett. Der Schmerz in seinem Fuß war vergessen.

»Nicht die Reaktion eines Mannes, der sich freut, dass er plötzlich wieder Geräusche machen kann«, stellte Nelli fest, und dann sprang sie auf Bertwin und packte ihn an den Schultern. »Jetzt sagst du uns alles, was du weißt!«

Bertwin schüttelte den Kopf. »Kann ich nicht«, brachte er verzweifelt heraus.

»Bertwin, du machst es nur noch schlimmer!«, redete ihm Trude zu.

»Noch schlimmer? Das geht gar nicht«, wimmerte Bertwin. »Ich kann euch nichts erzählen, ehrlich!«

»Brauchst du auch nicht«, sagte Nelli. »Wir wissen sowieso alles. Die Frage ist nur: Hast du bei dem Verbrechen mitgeholfen, oder bist du nur erpresst worden, damit du deine Rolle spielst?«

Da fing Bertwin an zu schluchzen. »Ich weiß«, schniefte er, »das war ganz falsch von mir. Ich hätte was sagen sollen, ich hatte nur solche Angst. Als Trude mit dem Messer auf dich geworfen hat. Und als Hilde … und Irmfriede… ich hätte was sagen müssen! Ihr hättet tot sein können. Aber … sie hätten mich vom Zeppelin geworfen. Das hat Lukas mir gedroht – dass er mich runterwirft, wenn ich irgendjemandem ein Sterbenswörtchen von ihrem Plan erzähle.«

»Verständlich. Du hattest Todesangst, und das wahrscheinlich zu Recht. Jetzt erzähl mir noch, wie du Lukas' Plan herausgefunden hast«, sagte Nelli gespannt. Sie ließ Bertwins Kragen los. »Hat dir Mystia davon erzählt?«

Bei Erwähnung dieses Namens fing Bertwin an zu heulen wie ein junger Seehund. »Mystia … Mystia-a-a-ah … wie konnte sie nur! Nein, das hat sie nicht, das war … ganz anders.« Er versuchte, sich zu fassen, und schnäuzte sich in seinen Ärmel. »Ich habe Mystia Blumen bringen wollen. Nach dem Abflug. Aber ich hab mich nicht getraut und da bin ich vor ihrem Fenster stehen geblieben und hab ein bisschen gelauscht. Ich wollte ja nicht stören, während sie was Wichtiges macht.«

Aha, dachte Trude. Ein bisschen gelauscht.

»Und dann hast du sie alle gehört, wie sie ihren Plan ausgefeilt haben«, stellte Nelli fest.

Bertwin nickte. »Ja, da saßen sie, Lukas und Rembert und Mystia, und haben ausgebrütet, wie sie alle so verwirren können, dass sie an die Zirkuskasse kommen. Und während ich noch nachgedacht habe, was ich jetzt tun soll – da kam Lukas von hinten angeschlichen und hat mich erwischt.« Er hickste. »Und er hat mich in den Wagen gezerrt und mir gedroht, wenn ich ein Wort sage, dann stürzt er mich zu Tode. Und dann hat Mystia gesagt: He, soll er doch stumm werden! Das passt zu seiner Nummer! Mystia hat das gesagt. Ausgerechnet sie ist auf die Idee gekommen.« Er schlug die Hände vors Gesicht und schluchzte wieder laut auf. »Und später, als ich allein in meinem Wagen war, da hab ich die Blumen weggeworfen. Ich konnte sie nicht mehr sehen. Oh, Mystia! Mystia-ha-ha-haaa!«

»Fein«, sagte Nelli streng. »Du spielst deine Rolle weiter. Kein Wort zu irgendjemandem. Wir kümmern uns darum, dass diese Verbrecher ihre gerechte Strafe bekommen.«

Trude hatte mehr Verständnis und tätschelte Bertwins Schulter. »Es ist doch nicht deine Schuld«, tröstete sie ihn. »Jeder hätte an deiner Stelle zu viel Angst gehabt, um zu reden.«

»Aber Mystia«, wimmerte Bertwin. »Wie konnte sie uns das allen so kaltblütig antun? Wie kann so ein liebenswerter Engel in Wirklichkeit so schrecklich sein?«

»Das frag ich mich jedes Mal, wenn Trude mit der Brennschere ein Loch in den Tisch kokelt, und glaub mir, ich hab es auch noch nicht rausgefunden«, sagte Nelli. »Wichtig ist jetzt, dass du deine Rolle weiter spielst. Aber halt die Augen offen, und sobald du etwas Neues erfährst, berichte es uns sofort!«

»Und Mystia? Wird sie ins Gefängnis kommen?«, wimmerte Bertwin und putzte sich die Nase.

»Das hängt ja nun davon ab, wie sie beteiligt ist«, sagte Nelli. »Dass Lukas das kriminelle Hirn hinter der Sache ist, da sind wir schon sicher. Und deshalb musst du mir jetzt alles über Lukas erzählen – was er gemacht hat, seit wir an Bord sind, wo er sich rumgetrieben hat. Alles, was du weißt.«

Bertwin hickste. »Oh. Ich weiß gar nichts.«

»Bertwin!!«

»Du musst nachdenken«, drängte Trude, »Lukas hat nämlich ...«

»Trude!!«, zischte Nelli, und Trude war schnell still.

»Ich denke nach, ich denke nach«, wimmerte Bertwin, aber eine ganze Weile kam nichts aus ihm heraus außer Schluchzen. Und dann erzählte er ihnen alles, was er wusste.

»Hm«, murmelte Trude, als sie Bertwins Wagen wieder verließen, »viel war das nicht.«

»Und noch schlimmer: Es war nichts Neues dabei«, ärgerte sich Nelli.

»Was tun wir denn jetzt?«, fragte Trude bange.

»Suchen.« Nelli schnupperte.

In der kalten Nachtluft lag der Geruch von nahendem Frost und einem Feuer in der Ferne. Irgendwie fand Trude es tröstlich, dass man den Rest der Welt noch riechen konnte, auch wenn er gerade unerreichbar weit weg war.

Plötzlich kam eine Pfote aus der Dunkelheit und packte Trude an der Schulter. Fast hätte sie vor Schreck laut aufgeschrien, aber dann erinnerte sie sich, dass das nur eine von Nellis Cousinen sein konnte. Niemand anders im Zirkus hatte pelzige Pfoten.

»Suchen?«, krähte Mariechen ihr ins Ohr. »Gesucht haben wir schon, überall haben wir gesucht! Und nix gefunden!«

»Keine Bombe, nicht mal Kekskrümel«, beschwerte sich Lotte.

Kläri nickte eifrig. »Wie die Wilden haben wir gesucht! Da war nichts, nirgendwo, gar nichts!«

»Wir müssen noch einmal schauen«, bestimmte Nelli. »Irgendwo an der Hülle muss die Bombe sein. Und sie muss aus der Ferne zu zünden sein, mit einer Reißleine oder einer Uhr dran. Also los, wir haben nicht mehr viel Zeit!«

Nelli zerrte ihre Cousinen durch die Glastür hinaus auf die Balustrade. Trude stolperte hinter ihnen her. Mit einem beklommenen Gefühl sah sie die vier über das Geländer verschwinden.

»Soll ich noch mal Schmiere stehen?«, rief sie halbherzig hinauf, aber es kam keine Antwort. Trude runzelte die Stirn. War sie jetzt zur Untätigkeit verdammt? Irgendetwas musste sie doch tun können! Es ging schließlich um ihr Leben und das aller ihrer Kollegen!

Trude drückte sich wieder in die äußerste Ecke, schloss die Augen und versuchte, sich in einen Verbrecher hineinzudenken. (Denken war nicht ihr Fachgebiet, das wusste sie.) Wenn ich einen Zeppelin anzünden wollte, dachte sie, wie würde ich das anstellen? Ich würde keine Bombe bauen, ich würde einfach ein Loch in die Hülle stechen und ein Feuerzeug dranhalten. Nein, dann wäre ich ja zu nahe, also vielleicht … vielleicht einen brennenden Pfeil in die Hülle schießen! Von ganz weit weg. Aber wie hält man einen Bogen, wenn man keine richtigen Hände hat? Sondern nur Käferbeine, wie Lukas? Eine Armbrust mit einem brennenden Pfeil vielleicht?

Sie überlegte, kaute auf ihrer Lippe herum und lehnte sich an die Wand und da pikte sie etwas in den Rücken. Was war das noch? Vor Müdigkeit konnte sie kaum klar denken. Ach ja, die leere Halterung der Leuchtpisto…

Mit einem Schlag war Trude hellwach. Die Leuchtpistole! Schießpulver, Feuer! Lukas brauchte gar keine Bombe, um den

Zeppelin zu sprengen. Und jetzt war Nelli irgendwo da oben auf der Hülle und Trude konnte ihr nicht Bescheid sagen! Schreien wollte sie, aber das durfte sie nicht.

Was tun? Was um alles in der Welt sollte sie tun?

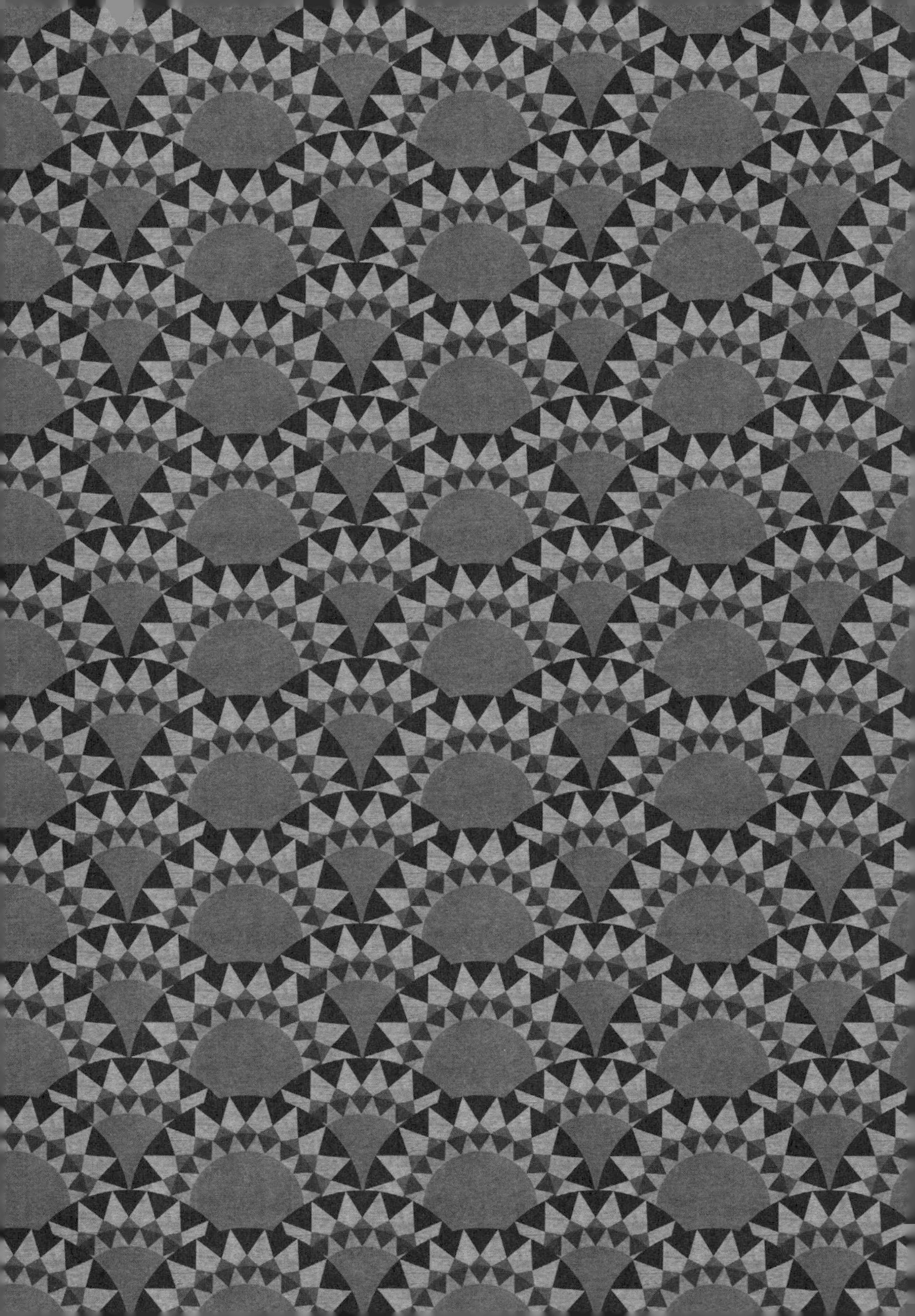

9. Kapitel

Die beste Nummer aller Zeiten

Die Bombe fand Nelli nicht. Und auch Trude war plötzlich weg. Das war ärgerlich. Unverrichteter Dinge kehrte Nelli in ihren Wagen zurück. Auch dort war Trude nicht.

»Wo ist sie bloß hin, verdammt noch mal?«, murmelte Nelli. Mit gerunzelter Stirn schaute sie unter die Küchenbank, als würde sich Trude in der Büchersammlung verstecken. Dann fiel ihr Blick auf die Uhr über der Tür, und sie merkte, wie spät es war.

»Drei Minuten vor sechs«, sagte sie und nickte. »Höchste Zeit.« Und dann nahm sie den großen Suppentopf vom Haken und steckte sich die Schöpfkelle in die Tasche. Schließlich schaute sie aus der Tür. Aber die Luft war rein. Alles schlief.

Nelli spazierte in die Manege, setzte sich auf den rot bemalten Rand und wartete. Sie tat es nicht gerne; sie hatte Angst, wirkliche Angst vor Lukas' Rache; aber ein wilder, viel zu oft versteckter Teil von ihr freute sich wahnsinnig. Jetzt würde Nelli alle Brücken verbrennen und das Unrecht wiedergutmachen, koste es, was es wolle.

Und da hörte sie auch schon ein Flüstern.

»Mach die Laterne aus!« Das war Mystia.

»Sei nicht so ein Angsthase, Mystia, ich weiß schon was ich tue«, zischelte Rembert harsch zurück.

»Steck sie wenigstens unter deinen Mantel!«

»Himmel noch mal«, fluchte Lukas. »Seid endlich still!«

Nelli saß ganz ruhig, als die drei um die Ecke von Lukas' Wagen kamen. Die Manege war pechschwarz, nur unter Remberts Mantel konnte man ein ganz leichtes Glimmen von der versteckten Laterne erahnen. Alle drei schlichen sie durch die Sägespäne: Lukas, der seinen Medizinball unter ein Bein geklemmt hatte, tapste voran. Dann folgte Rembert und Mystia mit einem Rucksack ganz zuletzt.

Wie albern, dachte Nelli. Was sie sich für eine Mühe geben, keinen Lärm zu machen, dabei kann ich sie sehen! Und sie mich nicht.

Und so tappten die drei immer weiter in die Manege hinein und mittendrin blieb Lukas plötzlich stehen. Die anderen beiden rasselten gegen seinen Rücken.

»Ich gehe allein raus und schaue, ob die Luft rein ist«, erklärte Lukas.

»Wofür denn das?«, wandte Mystia ein. »Da draußen ist doch gar niemand.« Die Idee schien ihr nicht zu behagen.

»Man kann nicht vorsichtig genug sein«, erklärte Lukas bestimmt.

»Aber den Medizinball lässt du hier, oder?«, zischte Rembert scharf.

»Meinen Ball nehme ich mit«, erwiderte Lukas leise, aber in einem Ton, der keinen Widerstand duldete.

Rembert stellte sich direkt vor Lukas und verschränkte die Arme, obwohl Lukas das wahrscheinlich gar nicht sehen konnte. »Und woher wissen wir dann, dass du nicht einfach mit der Beute davonfliegst?«

Lukas grinste. Und wie er grinste! Und der kleine Rembert vor ihm wusste wohl ganz genau, dass er ihn nicht aufhalten konnte. »Tja«, raunte Lukas, »da müsst ihr mir einfach vertrauen.«

»So hatten wir das nicht ausgemacht«, flüsterte Mystia, halb ängstlich, halb wütend. »Wir kommen mit!«

»Ihr bleibt hier, sonst könnt ihr mich kennenlernen«, zischte Lukas sehr leise und böse. Rembert zuckte zurück und Mystia machte einen ganzen Schritt rückwärts.

Dann fasste sich Rembert wieder und streckte den Arm aus. Dabei rutschte sein Mantel etwas zur Seite und ein winziges bisschen Licht fiel in die Arena. Rembert legte die Hand um Lukas' Rücken und wisperte besänftigend: »Aber Lukas, wir sind doch Kumpane!«

»Richtig.« Lukas schüttelte Remberts Arm ab. »Und Kumpane vertrauen einander, stimmt's? Ich gehe vor. Und ihr kommt nach, wenn ich euch ein Zeichen gebe.« Und dann setzte er in drohendem Ton hinzu: »Und keinen Augenblick früher, verstanden?!«

Mystia nickte ängstlich. Ihr Atem ging schneller als sonst. Rembert atmete wütend durch die Zähne aus.

Da fand Nelli, es sei an der Zeit, sich zu erkennen zu geben. Sie klatschte in die Pfoten. »Exzellente Übung«, sagte sie. »Hat mir viel Spaß gemacht.«

Lukas fuhr herum, sah sie und bleckte wütend die Mandibeln. Rembert und Mystia erschraken so furchtbar, dass Rembert rückwärts ins Sägemehl fiel und Mystia sich die Hände auf die Brust drückte.

»Du dreckiges Nagetier«, zischte Lukas, »jetzt werd ich dir den Hals umdrehen. Das war schon lange fällig!«

Da nahm Nelli ihren Suppentopf und schlug mit der Kelle drauf. Das hallte wunderschön im Bauch des Zeppelins. So würde sie die anderen gerne immer wecken! In allen Wagen wurden die Fenster und die Türen aufgerissen und die Arena wurde erhellt.

Die Zirkusmitglieder kamen herausgewankt und starrten staunend auf Nelli und die drei Verräter, die mitten in der Manege standen, Rembert immer noch mit seiner lächerlichen kleinen Laterne in der Hand.

»Was ist denn hier los?«, fragte Frangipani verwirrt. Hinter ihm erschienen Sägebrecht und seine Hilde, die sich auf ihn stützte.

»Hochverehrtes Publikum«, rief Nelli, »ich präsentiere euch das größte Kunststück, das der Zirkus Woimick je gesehen hat! Die größte Sensation, die beste Nummer aller Zeiten. Da seid ihr alle ein Dreck dagegen!«

Woimick, wichtig wie immer, surrte sofort nach vorn. »Nelli! Du hast Hausarrest! Zurück in deinen Wagen!«

»Hör endlich auf mit dem Quatsch«, fuhr Nelli ihn an, und ihr Atem allein war genug, um ihn durch die halbe Arena zu pusten.

»Ich habe hier gerade ein Verbrechen verhindert. Und wenn du mir nicht glaubst, dann schau doch mal in deinen Safe. Falls du die Zirkuskasse suchst, die ist geleert worden.«

Woimick blieb der Mund offen stehen. Bröllhubers sahen sich misstrauisch an und Irmfriede legte den Kopf schief.

Mystia und Rembert und Lukas standen umringt von den anderen Zirkusmitgliedern in den Sägespänen und waren wie vom Donner gerührt. Mit allem hatten sie gerechnet, aber nicht damit, dass jemand sie zur Rede stellen würde!

Lukas fasste sich am schnellsten. »Das ist völliger Blödsinn«, rief er wütend. »Das Nirgendwo hat der Haselmaus den Verstand geraubt!«

»Das Nirgendwo? Ha!« Nelli reckte die Pfote. »Euer lächerliches Nirgendwo. Nebel und Neumond und eine dunkle Nacht, sonst nichts. Und eure Nirgendwohner, nur ein paar alberne Taschenspielertricks. Abergläubische Artisten könnt ihr damit in Schrecken versetzen, aber mich nicht!«

Trude drängelte sich zu ihr durch. »Nelli«, japste sie.

»Nicht jetzt«, winkte Nelli ab. »Du weißt, dass ich nicht mit zwei Leuten gleichzeitig reden kann.«

»Aber Nelli«, wimmerte Trude.

»Psst, jetzt lass mich reden«, raunte Nelli. »Erzähl's mir später.« Sie drehte sich um und schaute triumphierend in die Menge. »Wisst ihr, es gibt nämlich gar keine Nirgendwohner. Das Ganze war nur ein Trick, damit ihr schlotternd in euren Wagen bleibt, während die drei sich mit Woimicks Lottogewinn davonmachen!«

»Das ist nicht wahr«, piepste Mystia, »ich spüre die Anwesenheit der Nirgendwohner ganz genau in meinem linken Ellenbogen!«

»Und wir haben doch alle gesehen, was sie angerichtet haben!« rief Rembert.

Er war wirklich ein schlechter Schauspieler, dachte Nelli.

Woimick war völlig aufgerieben. »Das sind ja schwere Anschuldigungen«, schnaufte er empört. Seine Flügel surrten so schnell, dass man sich Sorgen um ihn machen musste. »Und wie gedenkst du, das zu beweisen?«

»Ganz einfach«, erklärte Nelli. »Trude, gib mir ein Messer!«

Trude zog eins aus ihrem Gürtel. »Nelli, ich muss ...«

Aber Nelli stapfte schnurstracks zu dem Medizinball, den Lukas unter dem Vorderbein hielt, und schnitt eine der langen Nähte durch. Und als sich die Stiche lösten, begannen Goldmünzen auf den Boden zu kullern, und dann mehr Goldmünzen und dazwischen Silbermünzen und Kupfermünzen.

Die Artisten schnappten nach Luft und auch Woimicks Atem stockte. »Nein, das kann wirklich nicht sein«, rief er entsetzt. »Das Gold war doch in meinem Safe! Haben sie es denn da herausgehext?!«

»Von wegen gehext«, antwortete Nelli. Und nun, wo ihr alle zuhörten, fing ihr die ganze Sache an Spaß zu machen. »Hier ist überhaupt keine Magie am Werk – nur fauler Zauber. Irmfriedes gerissenes Spinnseil? Zitronensäurepulver auf der Plattform!«

»Nein!« Irmfriede hielt einen Fuß vor ihren Mund. »Ihr habt mich sabotiert? Wie konntet ihr nur!«

»Und Remberts Blumen? Die hat er sich selbst in den Hals gesteckt!« Nelli schaute herum und sah zufrieden, dass ihr alle atemlos zuhörten. »Frangipanis scharfes Schwert? Ein Taschenschleifstein, weiter nichts. Hilde und die Säge? Ganz einfach, jemand hat das Schutzblech aus ihrer Kiste gezogen!«

Hilde stand da, bleich auf Sägebrecht gestützt. Aber als sie nun die drei Übeltäter anschaute, wurde sie so wütend, wie man sie noch nie gesehen hatte.

»Ihr drei? Wegen euch hat Sägebrecht mich angesägt?! Ihr ... ihr Lumpenpack!«

Sägebrecht konnte gar nichts sagen. Er schnappte nur nach Luft.

»Sie hätte tot sein können! Von meiner Wenigkeit ganz zu schweigen«, fuhr Nelli fort. »Trudes schlechte Würfe? Eine Reißzwecke im Drehmechanismus. Und Bertwin, der verstummte Pantomime? Ha! Sie haben ihn bedroht, damit er die Nummer mitspielt!«

Bertwin trat vor. »Das stimmt«, warf er mit fester Stimme ein. »Sie haben mich erpresst. Und ich hätte es schon viel früher sagen sollen.«

Dann fiel sein Blick auf Mystia und er versteckte schnell sein Gesicht im Kragen.

Da hüpfte Frau Bröllhuber wütend vor. »Was habt ihr mit dem armen Beppo gemacht?«, quakte sie.

»Fliegenpilz«, erklärte Nelli. »Von wegen, er hat den Verstand verloren, ihr abergläubischen Einfaltspinsel! Keine Angst, die Wirkung lässt nach ein paar Stunden nach. Und Mystia? Sie konnte plötzlich in die Zukunft sehen, nicht wahr? Kein Wunder, wenn man vorher schon alles genau geplant hat!«

Mystia biss sich auf die Lippe und schaute um sich, als hätte man sie in eine Ecke getrieben.

»Aber was ist mit Pepi?«, quiekte Coccinellus plötzlich.

Auf diese Stelle hatte sich Nelli schon seit Stunden gefreut.

»Unser Lukas hier«, erwiderte sie, »ist ein Bauchredner. Wenn auch kein guter. Er war mal bekannt als *Lukas und Herbert, die sprechende Himbeere*. Aber viel bekannter wurde er als Langfinger-Lukas, als er vor Jahren schon einmal eine Zirkuskasse ausgeräumt hat.« Zufrieden grinste sie. »Auch damals wurde er erwischt. Wie heute.«

Nun wurde Lukas noch viel böser. Er fauchte in Nellis Richtung: »Ich zieh dir das Fell über die Ohren, du verlogenes Dreckstück!«

»Er hat Rembert dazu benutzt, um Woimick den Safeschlüssel aus der Tasche zu klauen«, sagte Nelli. »Und danach durfte Rembert ihn wieder in seinen Frack stecken. Und du, Woimick, dachtest schon, du wirst tüddelig!«

»Woher weißt du das?«, rief Woimick misstrauisch.

Nelli wischte den Einwand mit der Pfote weg.

»Das steht hier nicht zur Debatte. Ich erkläre es dir später. Jedenfalls haben Lukas und Rembert und Mystia die einmalige Gelegenheit beim Schopf gepackt: eine stockdunkle Nacht, Nebel, eine volle Zirkuskasse und ein Haufen abergläubische Artisten.«

»Hör doch endlich mal auf, uns abergläubisch zu nennen«, wandte Frangipani beleidigt ein.

»Seid ihr aber«, sprach Nelli gnadenlos. »Und ihr seid völlig darauf reingefallen. Bis auf Hilde, aber die konnten Lukas und Mystia und Rembert ja außer Gefecht setzen. Und Bertwin hat sie belauscht, aber da haben sie ihm gedroht, damit er den Mund hält. Unsere sauberen drei hier haben jedenfalls in zwei Stunden unsere Requisiten sabotiert, Beppo vergiftet, Bertwin zum Schweigen gebracht und alles vorbereitet, um uns den Schrecken in die Knochen zu treiben. Ein genialer Plan, ich muss schon sagen! Bei aller moralischen Verwerflichkeit, Lukas, ich verbeuge mich vor dir!« Und das tat sie.

Dann wandte sie sich an Lukas' Komplizen. »Und vielleicht hattet ihr schon eine Idee, wie ihr alle dazu kriegen könntet, eine Vorstellung zu geben – aber dann kam Woimick mit dieser bekloppten Nirgendwohner-Idee. Die war natürlich schöner als alles, was ihr euch hättet ausdenken können. Ihr musstet ihn dann nur noch bestärken.«

Rembert fasste sich wieder und versuchte zu retten, was

zu retten war. »Du fantasierst! *Lukas* hat die Beute in seinem Ball. Das heißt doch nicht, dass Mystia und ich etwas damit zu tun haben! Wir sind nur ganz zufällig hier und stehen neben ihm!«

Nelli schnaubte. »Rembert – auch du hast dich selbst übertroffen. Das heute Nacht war der beste Trick deines Lebens. Aber jetzt ist er vorbei. Schade. Lukas war der Antrieb des Ganzen. Und ihr beiden? Ihr hattet euch vorgestellt, dass ihr euch zu dritt aus dem Staub macht und dann brüderlich teilt?«

»So ein Blödsinn«, schnaubte Madam Mystia, die sich anscheinend noch eine Chance ausrechnete.

»Richtig, das ist Blödsinn.« Nelli stemmte die Pfoten in die Seiten. »Lukas hat nämlich gar keinen Grund, mit euch zwei Pappnasen zu teilen. Lukas will euch und alle seine Spuren beseitigen. Auf die einfachste Art. Und ratet mal, wie.«

Madam Mystias Brauen runzelten sich. Unsicher warf sie einen Blick auf Rembert.

Und wie bestellt flog plötzlich Mariechen mit einem riesigen Satz mitten in die Menge.

»Wir haben die Bombe«, keuchte sie. Und als sie wieder zu Atem gekommen war, setzte sie hinzu: »Nicht. Nicht gefunden, wollte ich sagen.«

Alle anderen waren plötzlich totenstill. Nur Woimick bekam ein Wort heraus. »Bombe?!«

»Lukas hat eine Bombe gelegt, mit der er die Zeppelinfüllung in Brand setzen will«, zischte Nelli.

Mystia schaute Rembert an, und der schaute zurück, als ginge ihm ein Licht auf.

»Er will uns alle in die Luft jagen?!«, japste Coccinellus.

»Lukas kann ja fliegen, ihr beiden nicht. Aber das habt ihr

natürlich nicht bedacht«, sagte Nelli nachsichtig zu Rembert und Mystia. »Er ist schließlich das Hirn der ganzen Operation, nicht ihr. Zu dumm, nicht wahr, Mystia – wenn man gar nicht wirklich hellsehen kann!«

Da brach ein Tumult los. »Er will uns alle töten!«, schrie Bröllhuber (Herr).

Lukas ließ seinen Ball fallen. Es waren ohnehin fast alle Goldstücke herausgerieselt. In seinen Augen stand Mord geschrieben, und zwar Haselmausmord. Aber nun erholten sich die Zirkusmitglieder. Die Schrecken der Nacht fielen von ihnen ab, und sie waren nicht mehr fassungslos, sondern wütend. Der Kreis um die Übeltäter schloss sich immer enger.

»Unglaublich!«, rief Woimick empört. »Ihr seid wirklich Lumpen und Meuchelmörder!«

»Wir wussten doch nicht, dass er den Zeppelin sprengen will!«, jammerte Madam Mystia und hielt sich ängstlich an ihrer Robe fest.

»Und was ist mit den anderen Sachen?«, rief Frangipani und wand sich vor Wut. »Hilde wurde angesägt und Irmfriede ist vom Seil gefallen! Nelli wurde fast aufgespießt und Beppo wurde vergiftet wegen euch! Und ich hätte auch sterben können!«

»Ihr Verbrecher! Ihr miesen Wegelagerer und Tunichtgute!« Woimick deutete mit dem Vorderbein auf die drei. »Fesselt sie und sperrt sie ein! Und morgen übergeben wir sie der Polizei!«

Da bleckte Lukas die Mandibeln und sprang vorwärts. Irmfriede warf sich ihm in den Weg, aber er riss sie einfach um und stieß die Flügeltür auf.

»Haltet ihn auf!«, schrie Nelli. »Er darf nicht entkommen!« Mit einem riesigen Satz sprang sie hinterher und warf sich auf ihn. Lukas brüllte wütend und versuchte, sie abzuschütteln. Aber Nelli hing an ihm wie ein nasser Wäschesack. Sie krallte sich mit den Hinterfüßen im Geländer fest und umklammerte mit den Vorderfüßen Lukas' Geweih, und das hielt ihn auf – wenn auch nicht lange. Dann bekam er alle sechs Beine unter seinen Körper und stemmte sich gegen Nelli und nun rissen die Geländerstangen aus ihrer Verankerung. Lukas schüttelte sich und Nelli klatschte gegen die Flügeltür und gegen das derangierte Geländer. Sie versuchte, sich in Lukas' Kopfschild festzubeißen, aber durch den Panzer kamen ihre Zähne nicht. Nur festhalten, dachte sie. Sie wollte sich gar nicht vorstellen, was passieren würde, wenn Lukas sie über das Geländer schleuderte!

Und gerade in diesem Moment kitzelte sie jemand unter den Achseln. Vor Verblüffung ließ Nelli Lukas' Geweih los und Lukas schoss vorwärts.

»Nein!«, schrie Nelli verzweifelt.

Aber nun geschah etwas sehr seltsames: Lukas wurde im vollen Flug zurückgerissen, als hinge er an einer Reißleine. Und das tat er auch, denn neben Nelli stand plötzlich Irmfriede, und da sah Nelli, dass an Lukas ein glitzernder Spinnenfaden hing.

Lukas zog sich wütend am Geländer hoch.

»Siehst du, jetzt hängst du am Schiff«, schrie Nelli. »Und wenn du uns in die Luft jagst, gehst du mit drauf!«

»Mir egal«, brüllte Lukas. »Ihr sollt alle sterben! Und besonders du, du nichtsnutziges, klugscheißendes Fellbündel!« Er griff unter seine Flügeldecke. Und dann unter seine andere Flügeldecke. Und dann schaute er verdutzt.

»Brauchst gar nicht zu suchen«, rief jemand hinter Nelli, und es war Rembert. Seine Stimme war heiser vor Wut. »Ich hab die Leuchtpistole. Du dreckiger Verräter!«

»Was?«, fragte Nelli ganz belämmert. »Wie? Was für eine Leuchtpistole?«

Kläri, Mariechen und Lotte stürzten sich auf Lukas und zu dritt zerrten sie ihn über die Brüstung und hinein in die Gondel.

»Fesselt ihn!«, rief Woimick.

Lukas stellte sich breitbeinig vor den winzigen Woimick. »Mich wollt ihr fesseln? Haha, glaubt ihr etwa, das hält mich auf? Ich bin stärker als jedes Seil und jede Kette in diesem lächerlichen Zirkus!«

»Aber stärker als ein Spinnfaden bist du nicht«, sagte Irmfriede und tippte ihn mit ihrer Spinndrüse an. Und nun rannte sie um Lukas herum, und bevor der wusste, wie ihm geschah, hatte sie einen Faden um ihn gewickelt, und dann noch einen und noch einen, links herum und rechts herum und über ihn hinüber. Lukas brüllte und versuchte, mit einem Hechtsprung auszubrechen. Aber seine Beine klebten zusammen, und er fiel vornüber, dass ihm die Sägespäne ums Geweih flogen.

»Und jetzt ihr beiden«, sagte Irmfriede zu Mystia und Rembert. »Hände und Füße bitte.« Und während sie die beiden kräftig einspann, stand Nelli daneben und verstand die Welt nicht mehr.

»Was ist denn das für ein Quatsch mit der Leuchtpistole?«, fragte sie Trude schwach. »Und was fällt dir ein, mich zu kitzeln?«

Trude knetete bescheiden ihren Pullunder. »Na ja, ich hatte mir vorhin gedacht, dass es gar keine Bombe gibt. Sondern dass Lukas einfach die Leuchtpistole benutzen will, um auf den Zeppelin zu schießen. Und da hab ich mir gedacht, irgendjemand muss sie ihm doch wegnehmen. Dafür braucht man einen Taschendieb. Also hab ich Rembert erklärt, dass wir alles wissen und dass wir Lukas entwaffnen müssen, sonst bringt er uns um. Da wurde Rembert auch sehr verständig. Irmfriede hab ich gebeten, Lukas einen Spinnfaden aufzukleben, damit er am Schiff hängen bleibt.«

»Sprich weiter«, sagte Nelli schwach.

»Und dann hab ich mir gedacht, du solltest Lukas besser loslassen. Ihr habt so gekämpft, ich hatte Angst, dass du über das Geländer fällst. Und das wäre ja schrecklich. Und wenn man dich kitzelt, dann kannst du nicht mehr kämpfen.«

Nelli schüttelte fassungslos den Kopf. »Trude«, sagte sie, »ich bin froh, dass du meine Freundin bist und keine Verbrecherin. Einen Feind wie Lukas zu haben, ist schlimm genug. Aber du bist fast genauso schlimm.«

»Danke, Nelli«, sagte Trude geschmeichelt. »Das ist alles dein guter Einfluss.«

»Die Morgenröte!«, rief Sägebrecht. »Seht ihr? Da!«

»Es wird wieder hell«, quakte Frau Bröllhuber und sprang zur Glasscheibe.

»Hihi, der Bröllhuber dämmert's«, kicherte Lotte frech.

Und tatsächlich: Die schwarze Nacht teilte sich auf in schwarze Bäume und tiefblauen Himmel und dazwischen dämmerte es gelb.

Nelli runzelte die Stirn. »Ich bin hundemüde«, stellte sie empört fest.

»Schaut mal, da ist Beppo!«, rief Hilde erstaunt, und die Zirkusleute traten zur Seite und machten Platz.

Zwischen ihnen stand Beppo, das Gesicht verschmiert mit Resten von Schminke.

»Puh«, machte er. »Ich hatte so einen bescheuerten Traum.

Ich bin immer noch ganz platt. Kennt ihr das, wenn man einen dummen Traum hat, und man fühlt sich noch so, als hätte einen eine Dampfwalze überfahren, wenn man aufgewacht ist? Furchtbar.«

Niemand sagte etwas.

»Und kann mir mal einer sagen, wieso ich in meinem Kostüm eingeschlafen bin?« setzte Beppo hinzu. »Haben wir wieder gebechert? Ich hab nicht mal einen Kater.«

»Wie ich's mir dachte«, sagte Nelli zufrieden. »Vorübergehende Wahnzustände ohne Erinnerung. Typisch Fliegenpilz.«

Da sah Beppo seinen besten Freund in Fesseln. »Lukas?«, fragte er ungläubig. »Was ist denn mit dir passiert?«

»Ich erklär ihm das nicht«, beschied Nelli.

»Aber jetzt können wir Lukas doch anknabbern, nicht?«, zirpte Kläri gedankenverloren und pikte ihn in die Seite, um zu testen, wie saftig er war.

»Ich zuerst!«, quiekte Mariechen, aber da kletterte Lotte schon über ihren Kopf und schnappte mit der Pfote nach Lukas' Geweih.

»Jetzt reicht's aber!«, rief Woimick. »Niemand frisst Lukas, wir bringen ihn zur Polizei! Sägebrecht und Irmfriede, ihr geht den Piloten wecken. Der Wind weht in die richtige Richtung. Wenn wir gleich weiterfliegen, dann können wir zur Nachmittagsvorstellung in Bröckelbühl sein. Und ihr anderen, ihr räumt hier auf!«

»Ich räum nicht auf«, beschloss Nelli. »Ich geh schlafen.«

»Wie kannst du jetzt schlafen?«, fragte Trude. »Ich bin so wach wie noch nie in meinem Leben!«

»Lies eins von deinen spannenden Büchern, das hilft«, empfahl Nelli und trottete davon. Aber einmal drehte sie sich noch um und gähnte und sagte: »Und weck mich erst, wenn wir da sind!«

Verena Reinhardt, geboren 1983 in Wiesbaden, fand als Zehnjährige eine alte Schreibmaschine auf dem Sperrmüll und tippte fortan mit allen zehn Fingern in rasender Geschwindigkeit zahlreiche Romane und Kurzgeschichten, die aber niemals veröffentlicht wurden. Sie studierte Biologie und Anglistik in Mainz sowie in Birmingham/England und promovierte von 2011–2014 über das Bestäubungsverhalten der Honigbiene. Während dieser Zeit schrieb sie ihr erstes Buch *Der Hummelreiter Friedrich Löwenmaul*. Ihre dritte Leidenschaft neben der Biologie und dem Schreiben gilt der Musik, sie spielt Lead-Gitarre in einer Punkband. Verena Reinhardt wohnt in Wiesbaden. *Die furchtlose Nelli, die tollkühne Trude und der geheimnisvolle Nachtflieger* ist ihr zweiter Roman.
www.verenareinhardt.de

MIX
Papier aus verantwortungsvollen Quellen
FSC® C089473

Dieses Buch ist erhältlich als:
ISBN 978-3-407-82320-5 Print
ISBN 978-3-407-74695-5 E-Book (EPUB)

in der Verlagsgruppe Beltz · Weinheim Basel
Werderstraße 10, 69469 Weinheim

Lektorat: Eva-Marie Kulka
Einbandgestaltung: Eva Schöffmann-Davidov
Herstellung und Layout: Sarah Veith
Satz: Lina-Marie Oberdorfer
Druck und Bindung: Beltz Bad Langensalza GmbH, Bad Langensalza
Printed in Germany
1 2 3 4 5 20 19 18 17

Weitere Informationen zu unseren Autoren und Titeln
finden Sie unter: www.beltz.de